Koerting, Gus

Gedanken und Bemerkungen ueber das Studium

Koerting, Gustav

Gedanken und Bemerkungen ueber das Studium

Inktank publishing, 2018

www.inktank-publishing.com

ISBN/EAN: 9783750121874

Gedanken und Bemerkungen

über das

Studium der neueren Sprachen

auf den

deutschen Hochschulen.

Von

Dr. Gustav Körting,
ordentl. Professor der romanischen und englischen Philologie an der Königl. theolog.-philosophischen Akademie zu Münster i. W.

Heilbronn,
Verlag von Gebr. Henninger.
1882.

Eine Uebersicht des Inhaltes dieser Schrift geben die am Schlusse derselben aufgestellten Thesen.

„Si quid novisti rectius istis,
candidus imperti; si non, his utere mecum.“
Horat. Ep. I, 6, 67 f.

Es ist nicht meine Absicht, in dem Nachfolgenden eine Methodologie oder auch nur eine Hodegetik des akademischen Studiums der neueren Sprachen*) zu geben, sondern ich will mich durchaus auf aphoristische Bemerkungen beschränken, welche keinen Anspruch darauf erheben, wichtige Fragen endgültig zu entscheiden, wohl aber vielleicht dazu beitragen können, dunkle Punkte in dem zu behandelnden Gegenstande aufzuklären und zu einer fruchtbringenden Polemik anzuregen. Ueberhaupt scheint mir die Theorie des akademischen Studiums der neueren Sprachen oder — um mich eines in letzter Zeit üblich gewordenen und seiner Kürze wegen empfehlenswerthen Ausdruckes zu bedienen — der Neuphilologie eine Sache zu sein, für welche man feste Principien erst in einer späteren Zukunft auf Grund einer längeren Erfahrung wird aufstellen können, eine Ansicht, welche ich übrigens auch bezüglich des neusprachlichen Unterrichtes an den höheren Schulen (d. h. Gymnasien, Realschulen und höheren Töchterschulen) hege. Was vorläufig Noth thut, ist meiner Meinung nach nicht eine Formulirung pädagogischer Dogmen, sondern eine sachverständige, objective und ruhige Discussion controverser Punkte. Man muss sich ja dessen bewusst sein und bleiben, dass das neusprachliche Studium erst seit wenigen Jahrzehnten von wissenschaftlichen Gesichtspunkten aus betrachtet und betrieben wird, dass die französische (bezw. die romanische) und die englische Philologie noch junge, dem Stadium der Kinderkrankheiten keineswegs entwachsene Wissenschaften sind und dass demnach auf diesen Gebieten Nichts natürlicher, ja selbstverständlicher ist, als ein gewisses Schwanken und eine gewisse Unsicherheit in Betreff der einzuschlagenden Wege und der zu verfolgenden Ziele. —

*) Unter „neueren Sprachen“ verstehe ich hier nur die französische und englische. Dass diese Beschränkung eine rein willkürliche und nur durch praktische Gründe gerechtfertigte ist, sowie dass der terminus technicus „neuere Sprachen“ überhaupt keine wissenschaftliche Existenzberechtigung besitzt, bedarf nicht erst der Bemerkung.

Ich gehe sofort in mediam rem ein und beginne mit der Erörterung der Frage: wer ist befähigt, dem akademischen Studium der neueren Sprachen sich zu widmen? Wie leicht ersichtlich, ist darin auch die Frage involvirt, ob die seit ungefähr zehn Jahren in Preussen und auch anderwärts gestattete Zulassung von Realschulabiturienten zu dem akademischen Studium der Neuphilologie als sachlich gerechtfertigt und unbedenklich zu billigen oder als sachlich unbegründet und gefahrbringend zu missbilligen sei.

Ich darf wohl sagen, dass ich dieser so vielfach und, wie mir scheinen will, mit allzu grosser Leidenschaftlichkeit ventilirten Frage völlig objectiv gegenüber stehe. Ich weiss erstlich mich frei von jeglicher Voreingenommenheit gegen die Realschule, denn, obwohl ich selbst Schüler eines Gymnasiums gewesen bin, habe ich doch Gelegenheit genug gehabt, mich mit dem Organismus der Realschule theoretisch wie praktisch bekannt zu machen und die schätzenswerthen Seiten derselben zu erkennen. Ich habe ferner während meiner akademischen Lehrthätigkeit zahlreiche Realschulabiturienten zu meinen Schülern gehabt und bekenne gern, dass die meisten derselben sich durch ihren Fleiss und ihre wissenschaftliche Strebsamkeit rühmlichst ausgezeichnet haben und dass mehreren von ihnen, welche der Staatsprüfung sich unterzogen, der erste Zeugnissgrad ohne jedes Bedenken zuerkannt werden konnte. Endlich aber halte ich die ganze Frage nach der Berechtigung der Realschulabiturienten zu akademischen Studien für eine Frage von nur zeitlicher und vorübergehender und folglich von untergeordneter Bedeutung, denn ich bin fest überzeugt, dass Gymnasium und Realschule sich in ihren Unterrichtsgegenständen und Unterrichtsmethoden einander immer mehr und mehr nähern werden und dass in nicht zu ferner Zukunft die Formel gefunden werden wird, nach welcher beide höhere Unterrichtsorganismen sich zu einer einzigen, auf einheitlichen Principien beruhenden Bildungsstätte vereinigen lassen werden. Und dieser Process wird, meine ich, gerade dadurch am meisten und energischsten befördert werden, dass den Realschulen das Recht der Vorbereitung für das Universitätsstudium theils bereits zuerkannt worden ist, theils sicher noch zuerkannt werden wird. Denn je gleichberechtigter die Realschule neben das Gymnasium sich hinstellt und je mehr und ausschliesslicher sie dasselbe Ziel wie dieses — eben die Vorbereitung für die Universitätsstudien — verfolgt, um so mehr wird sie durch logische Nothwendigkeit dahin gedrängt werden, sich in ihrem Organismus demjenigen des Gymnasiums soweit anzugleichen, als der letztere zweckentsprechend und der Erhaltung werth ist, während andrerseits das Gymnasium durch die Thatsache, dass die Realschule mehr und mehr zu ihm in ein direktes Concurrenzverhältniss tritt, veranlasst werden wird, Manches aus seinem Organismus auszuscheiden und Manches in denselben aufzunehmen, was mehr und mehr entweder als hemmender Ballast oder als noch hemmendere Lücke empfunden wird. So werden auf beiden Seiten Modificationen des Organismus vorgenommen werden müssen, deren Endergebniss ohne Zweifel die Gründung einer Mittelschule sein wird, welche die Vorzüge des Gymnasiums und der Realschule in sich vereinigt, die jetzt dem einen wie der anderen anhaftenden Mängel aber abgestreift haben und also dem Ideale einer Mittelschule so nahe kommen wird, als dies die Unvollkommenheit irdischer Verhältnisse überhaupt nur gestattet. Es kann meine Aufgabe hier nicht sein, den Verlauf des angedenteten Processes, wie ich denselben mir vorstelle, im Einzelnen anticipirend zu construiren noch auch anzugeben und zu begründen, welcher Art die Modificationen sein werden, durch deren Vollziehung die jetzt zwischen Gymnasium und Realschule mehr allerdings scheinbar, als wirklich gähnende Kluft überbrückt oder vielmehr völlig beseitigt werden wird —, es genüge mir, die Ueberzeugung ausgesprochen zu haben, dass einst, und zwar in noch absehbarer Zeit, Gymnasium und Realschule aufhören werden, sich feindlich und mit wenigstens vermeintlich scharf unterschiedenen Principien einander gegenüber zu stehen, vielmehr beide, ihre Sonderexistenz aufgebend, sich zusammenfassen werden zu der höheren Einheit einer den Anforderungen sowohl der idealistischen wie der realistischen und sowohl der materialen wie der formalen Bildung gleichmässig oder doch in richtigen Verhältnissen gerecht werdenden Mittelschule. Diese Zusammenfassung ist, das gebe ich gern zu, eins der schwierigsten Probleme, mit welchem die Gegenwart und noch die nächste Zukunft sich zu beschäftigen hat und haben wird, aber sie ist eins von den Problemen, deren Lösung im Interesse unserer gesammten nicht bloss nationalen, sondern überhaupt humanen Cultur gebieterisch erheischt wird. Sollte die Lösung nicht gefunden werden — es würde das aber nur dann geschehen können, wenn man es an redlichem Willen, ernstlichem Streben und unbefangener Einsicht fehlen lässt, denn eine innere Unmöglichkeit der Lösung ist keineswegs ersichtlich — oder, mit andern Worten, sollten Gymnasium und Realschule nicht bloss vorübergehend, sondern dauernd mit einander concurriren und principiell divergirende Bahnen nach den höchsten Bildungszielen verfolgen, dann freilich würde die höchste Bildung selbst arg bedroht und gefährdet sein, denn es würde an sie die mit ihrem Begriffe und mit ihrem Wesen unvereinbare Anforderung gerichtet werden, ihre Einheitlichkeit zu verläugnen und in einer doppelten Gestaltung sich darzustellen, es würde dadurch gerade in die gebildeten und führenden Classen unserer Nation ein sich verewigender Zwiespalt der Anschauungen hineingetragen werden, der auf allen Culturgebieten störend und schädigend wirken müsste, es würde selbst die Gefahr drohen, dass der historische Zusammenhang unserer Culturentwickelung unterbrochen werden, das Verständniss für das, was die Vorfahren und was die Vorzeit geschaffen, verloren gehen und damit auch die gesammte geistige Erbschaft, welche wir den Nachkommen zu überliefern schuldig sind, in Frage gestellt werden würde. Es mag gegenwärtig bequem genug sein, derartige Befürchtungen als phantastisch zu belächeln und selbst zu verlachen, denn gegenwärtig, wo Gymnasium und Realschule erst seit kaum einem Jahrzehnte auf dem Felde der Vorbereitung für das Universitätsstudium concurriren und zwar vorläufig nur erst in sehr beschränktem Maasse, sind die aus einer solchen Concurrenz, wenn sie als bleibender Zustand in unabsehbare Zukunft fortdauern sollte, sich ergebenden Gefahren allerdings nur erst keimhaft vorhanden und entziehen sich leicht dem oberflächlichen Blicke. Aber klug ist es, gerade die entstehende Gefahr scharf in's Auge zu fassen und ein Uebel dann zu bekämpfen, wenn es erst in der Bildung begriffen und noch leicht zu überwinden ist. —

Lassen wir indessen das, was die Zukunft etwa bringen und drohen mag, auf sich beruhen und wenden wir uns den realen Verhältnissen der Gegenwart zu, innerhalb deren Gymnasium und Realschule eben noch als gesonderte und auf theilweis verschiedene Principien sich gründende Unterrichtsorganismen einander gegenüber stehen. Untersuchen wir, ob, bezugsweise in wie weit der Realschulabiturient einerseits und der Gymnasialabiturient andrerseits denjenigen Vorbedingungen genügt, deren Erfüllung für ein erfolgreiches akademisches Studium der neueren Sprachen erfordert wird.

Erste Vorbedingung für eine erspriessliche wissenschaftliche Beschäftigung mit der französischen und auch, wenngleich in minderem Grade, mit der englischen Sprache ist eine gründliche schulgerechte Kenntniss des Lateinischen. Eines Beweises hierfür halte ich mich für überhoben angesichts der selbst den Laien bekannten Thatsachen, dass das Französische, wie jede andere romanische Sprache, eine Tochtersprache des Lateinischen ist und dass das Englische in verschiedenen Perioden seiner Entwickelung eine mehr oder weniger tiefgreifende Beeinflussung durch das Lateinische, bezugsweise durch das aus dem Latein hervorgegangene Französische erfahren hat, und dass ferner die französische sowohl wie die englische Litteratur in einem für ihr tieferes Verständniss durchaus nicht unwesentlichen Abhängigkeitsverhältniss zu der lateinischen Litteratur während langer Perioden gestanden hat. Man bedenke nur, wie maassgebend Virgil und Horaz, Terenz und Seneca, Cicero und Livius — um nur diese zu nennen, obwohl noch manche andere Autoren, beispielsweise Ovid und Martial, mit gleichem Rechte genannt werden könnten — zur Zeit der Renaissance für die Entwickelung der französischen und englischen poetischen wie prosaischen Stylform und des ganzen litterarischen Geistes geworden, wie häufig ihre Werke direkt und indirekt, bewusst und unbewusst nachgeahmt und nachgebildet worden sind! —

Seinen Schülern eine möglichst gründliche und für propädeutische Zwecke — der gesammte Mittelschulunterricht ist ja nur eine Propädeutik, indem er planmässig auf den ihm nachfolgenden Hochschulunterricht vorbereiten soll — allseitig genügende Kenntniss des Lateinischen zu übermitteln, das hat sich das Gymnasium als eine seiner Hauptaufgaben gestellt, und es bringt zur Erreichung dieses

Zweckes so energisch wirkende Mittel, namentlich eine so massenhafte Stundenzahl, in Anwendung, dass im Allgemeinen der Zweck thatsächlich selbst dann erreicht zu werden pflegt, wenn der Unterricht unter der Ungunst irgend welcher Verhältnisse leidet. In beträchtlich geringerem Maasse, als das Gymnasium, concentrirt die Realschule ihre Kraft auf den lateinischen Unterricht, immerhin aber widmet sie ihm doch eine so ansehnliche Stundenzahl und eine so nachdrückliche Beachtung, dass auch sie, wenn nicht ganz besonders und ausnahmsweise ungünstige Verhältnisse obwalten, dem propädeutischen Zwecke des Unterrichtes vollauf Genüge leisten kann, nur freilich muss dabei vorausgesetzt werden, dass das Lehrercollegium in corpore sich der Wichtigkeit des Lateinischen als Unterrichtsgegenstandes bewusst ist und nie und nirgends dahin tendirt, ihm eine nur secundäre Bedeutung beizumessen oder etwa gar in ihm eine Beeinträchtigung und Beengung des realwissenschaftlichen und neusprachlichen Unterrichtes zu erblicken. Aber es ist das eine Voraussetzung, welche wohl allenthalben erfüllt wird, denn jeder wissenschaftlich gebildete Lehrer einer Realschule, gleichviel welches sein Specialfach ist, m u s s ja aus eigener Erfahrung wissen, wie wesentlich eine gründliche Kenntniss des Lateinischen für die allgemeine Bildung ist und wie dieselbe eine unerlässliche Vorbedingung für das Studium einer jeden Wissenschaft, auch der mathematisch-naturwissenschaftlichen, bildet.

Ich meine also, dass Gymnasium und Realschule die Möglichkeit besitzen, ihre Zöglinge mit einer solchen Kenntniss des Lateinischen auszustatten, wie sie für das akademische Studium überhaupt und für das Studium der neueren Sprachen insbesondere erfordert wird. Der Gymnasialabiturient mag in Bezug hierauf vermöge des intensiveren lateinischen Unterrichtes, den er empfangen, wenigstens scheinbar vor dem Realschulabiturienten sich im Vortheil befinden, aber es ist doch keineswegs nothwendig, dass desshalb der letztere in Wirklichkeit nachtheiliger gestellt sei. Denn es ist zu beachten, dass gerade die grosse Intensität, mit welcher das Gymnasium den lateinischen Unterricht betreibt, abstumpfend auf die Schüler einwirken und ihr Interesse an der Sache schwächen k a n n (allerdings nicht m u s s), während ein minder intensiv betriebener Unterricht oft eine besonders fesselnde und anregende Kraft besitzt.

Zwei Anforderungen aber, denen bis jetzt nicht genügt wird, möchte ich an den lateinischen Unterricht des Gymnasiums sowohl wie der Realschule stellen. Erstlich, dass auf die Aussprache des Lateinischen etwas mehr Sorgfalt verwandt, dass sie nicht so himmelschreiend vernachlässigt werde, wie es leider landläufige Sitte ist. Ich denke hierbei weniger an die, wie allbekannt, absolut falsche Aussprache des c vor e, ae, oe und i, des t vor i mit folgendem Vocal und ähnliche Sünden, welche, weil sie nun einmal seit langen Jahrhunderten uns zur andern Natur geworden, sich kaum abgewöhnen lassen dürften, als an die wahrhaft barbarische Verachtung der lateinischen Vocalquantität, in Folge deren man z. B. hŏnus, hŏmo spricht, ohne in der Regel auch nur zu ahnen, welches Sprachfrevels man sich damit schuldig macht. Vielleicht allerdings ist es praktisch sehr schwer, vielleicht sogar unmöglich, die Schüler zu einer durchgehend richtigen quantitirenden Aussprache anzuleiten — namentlich auch in Anbetracht dessen, dass die Feststellung der Quantität der in Position stehenden Vocale mitunter eine schwierige, ja selbst problematische Sache ist —, aber möglich dürfte es jedenfalls sein, den Schülern die Vocalquantität nachhaltiger zum Bewusstsein zu bringen, sie ihnen fester einzuprägen, als gegenwärtig meistentheils geschieht. Es lässt sich dies durch fleissige metrische Uebungen erreichen, die freilich jetzt sehr wenig beliebt, wenn nicht ganz verbannt sind, deren Wiedereinführung und nachdrückliche Pflege aber auch aus allgemein pädagogischen Gründen lebhaft zu befürworten ist. Jedenfalls ist für den, welcher auf der Universität dem Studium der romanischen, bezw. der französischen Philologie sich widmet, eine gründliche Vertrautheit mit der lateinischen Vocalquantität unerlässliches Erforderniss, da ja durch die Quantität der lateinischen Vocale die Entwickelung der romanischen, bezw. französischen Vocale bedingt wird, wie beispielsweise lat. ĕ ein ganz anderes Product im Französischen ergiebt, als lat. ē. Dass die romanische, bezw. französische Lautlehre dem angehenden Studenten der Neuphilologie oft so schwer verständlich und so wenig sympathisch ist, hat zu einem guten Theile seinen Grund eben in der unzulänglichen Bekanntschaft mit den lateinischen Lautverhältnissen, die der Student auf der Schule sich erworben. Schaden könnte es überhaupt nicht, im Gegentheile sehr förderlich würde es auch pädagogisch sein, wenn schon die Schule die Ergebnisse der Lautphysiologie für ihre Zwecke verwerthen wollte, wobei ich bereitwillig einräume, dass dies allerdings nur in elementarer Weise und in dogmatischer Form geschehen könnte. Die Mittelschule der Zukunft wird, wie ich glaube, praktische Phonetik als Grundlage und Vorbereitung für den gesammten Sprachunterricht in ihren Lehrplan aufnehmen, und selbst die Elementarschule dürfte dies künftig thun, denn es leidet keinen Zweifel, dass der Sprach-, Lese- und Rechtschreibunterricht am rationellsten auf phonetische Principien begründet wird *), wenn auch einstweilen die zu wählende Methode noch ein Problem sein mag. — Das Zweite, was ich von dem lateinischen Unterrichte fordern möchte, ist Folgendes. Selbstverständlich kann und soll die Schule nur das Schriftlatein lehren und kann und soll sich nur mit der classischen lateinischen Litteratur beschäftigen. Aber ein gelegentlicher Hinweis darauf, dass neben dem Schriftlatein noch ein Vulgärlatein existirte, eine Andeutung dessen, dass es ausser der classischen noch eine umfang-

*) Wie dies ja auch, wenngleich erst nur in elementarster Form, in der sogenannten Lautirmethode, namentlich beim Taubstummenunterrichte, bereits geschieht.

reiche vor- und nachclassische Litteratur giebt, deren sprachliche Form sich mehr oder weniger dem Vulgärlatein annähert — das dürfte doch sehr erwünscht sein, indem es den Schüler vor der einseitigen, grundfalschen und für seine historische Bildung höchst gefährlichen Anschauung bewahren würde, als sei das Schriftlatein die einzige Form der lateinischen Sprache und die Litteratur der sinkenden Republik und der ersten Kaiserzeit die einzige Form des lateinischen Schriftthums. Dem künftigen Studenten der Neuphilologie aber erwüchse aus solchen Andeutungen der besondere Vortheil, dass er wenigstens einen Begriff von dem für seine Wissenschaft so hochwichtigen Vulgärlatein auf die Universität mitbrächte. —

Für eine ebenso nothwendige Vorbedingung zum erfolgreichen und wirklich wissenschaftlichen Studium der neueren Sprachen, als es die gründliche Kenntniss des Lateinischen ist, halte ich auch die gründliche Kenntniss des Griechischen. Da dieser Vorbedingung von Seiten der Abiturienten der Realschule, wie diese gegenwärtig organisirt ist, nicht genügt werden kann und da ich folgerichtig in dieser Thatsache ein ernstes Bedenken gegen die Zulassung der Realschulabiturienten zum akademischen Studium der Neuphilologie erblicke, so fühle ich mich verpflichtet, eingehender auseinanderzusetzen, aus welchen Gründen ich der Kenntniss des Griechischen eine so hohe Bedeutung für das neuphilologische Studium beimesse.

Ich will mit dem beginnen, was, obwohl schon recht erhebliche, doch als verhältnissmässig unwesentlich erachtet werden kann. Wie allbekannt, hat das Griechische zunächst dem Latein und sodann sämmtlichen modernen Sprachen eine Fülle von wissenschaftlichen und sonstigen terminis technicis geliefert und liefert deren noch fortwährend. Diese Thatsache, welche ich hier weder zu erklären noch zu beurtheilen habe, legt jedenfalls allen Gebildeten, also auch den Studierenden der Neuphilologie, die Pflicht auf, die griechischen termini technici zu verstehen und nebenbei auch richtig zu schreiben. Wie dieser Pflicht in vollem Umfange genügt werden kann ohne einige Kenntnisse des Griechischen, welche sich sogar ein wenig über das elementare Maass erheben muss, vermag ich nicht abzusehen. Wird ihr aber nicht Genüge gethan, so ergeben sich daraus für die Betreffenden recht fatale Unzuträglichkeiten, denn sie werden dann eben zeitlebens Sklaven des Fremdwörterbuches bleiben, und das ist eines wissenschaftlich gebildeten Mannes unwürdig, namentlich aber eines Mannes, der einer philologischen Wissenschaft sich gewidmet hat. Man sage nicht, dass Uebung und Aufmerksamkeit die mangelnde Kenntniss zu ersetzen vermögen. Ganz geläufige griechische Fremdwörter wird allerdings, wie das ja auch bei den Frauen der gebildeten Stände der Fall ist, Jemand schreiben lernen, ohne griechische Grammatik traktirt zu haben, wobei ich indessen doch bemerken will, dass ich sonst ganz kenntnissreiche und ihre fachwissenschaftlichen Studien mit grossem Erfolge treibende Männer kenne, welche mit einer Consequenz, die einer besseren Sache werth wäre, *Hypotese, Hypothenuse, Thelegraph, Athmosphäre* und Aehnliches schreiben und denen der Bedeutungsunterschied etwa zwischen *syndetisch* und *synthetisch* nie klar geworden ist. Bei selteneren Worten aber können in Bezug auf Verständniss und Schreibung leicht auch solche straucheln, die sonst leidlich fest auf ihren fremdwörtlichen Füssen stehen. Das Unglück, gelegentlich einmal einen griechischen Bock zu schiessen, mag nun allerdings für denjenigen so schlimm nicht sein, der als Privatmann ein uncontrolirtes Dasein führt und höchstens durch das Medium der Presse an die Oeffentlichkeit tritt, denn ihm droht nur die Gefahr, sich vor dem Setzer oder Druckcorrektor eine kleine Blösse zu geben; schlimm aber, sehr schlimm ist es, wenn ein Lehrer, zumal ein Lehrer an einer höheren Schule, mit den griechischen Fremdworten auf keinem ganz vertrauten Fusse steht und sich gelegentlich Missdeutungen und orthographische Misshandlungen derselben zu Schulden kommen lässt. Ist ein solcher Lehrer vollends an einem Gymnasium beschäftigt — ich wüsste mehrere zu nennen, bei denen dies der Fall ist —, so ist, mag er fachwissenschaftlich noch so tüchtig sein, seine Autorität sofort auf's höchste gefährdet, sobald die Schüler die ungriechische Achillesferse an ihm entdecken, und Schüler haben für solche Dinge scharfe Augen. Ich habe einen im Uebrigen gar nicht untüchtigen Gymnasiallehrer des Französischen gekannt, der, von dem dunkeln Gefühle geleitet, dass im Griechischen das Ypsilon eine grosse Rolle spiele, in einem Quartanerscriptum den Schülern consequent *le sphinx* in *le sphynx* corrigirte, und einen Gymnasiallehrer der Mathematik, der seinen Schülern die Schreibweise *Katethe* aufoctroyirte, weil er die unbestimmte Vorstellung hatte, dass die Sylbe *Kat* in *Kathete* identisch sein müsse mit *Kat* etwa in *Katastrophe* und also ohne *h* zu schreiben sei. Solche Dinge haben nicht etwa bloss ihre hochkomische, sondern sie haben auch ihre tiefernste Seite und sollten mit Fug und Recht zu den Unmöglichkeiten gehören. Das kann aber nur geschehen, wenn alle Lehrer der höheren Schulen hinlängliche griechische Vorkenntnisse besitzen. Für die Realschulen in ihrer gegenwärtigen Organisation würde übrigens, um wenigstens dem Schlimmsten vorzubeugen, ein Palliativmittel zu empfehlen sein, das sich leicht und ohne grossen Zeitaufwand in Anwendung bringen liesse: eine systematische Einübung der Orthographie griechischer Fremdworte mit Beifügung einiger elementarer Regeln über ihre Bildung und über die Bedeutung der in ihnen am häufigsten erscheinenden Präpositionen und Partikeln; zu verbinden wären damit die nöthigsten Angaben über die griechische Aussprache, damit Niemand z. B. den Namen *Theseus* wie *These-us* aussprechen kann — man halte einen solchen Schnitzer ja nicht für unmöglich! ich habe ihn mehr, als einmal, beobachtet. Ebenso könnte man an höheren Töchterschulen verfahren, um die griechischen Fremdworte vor dem schrecklichen Schicksale zu bewahren, von Rosenlippen Folterqualen erdulden zu müssen und von Federn, geführt von zarten Händen, als kleine orthographische Ungeheuer an das Tageslicht gebracht zu werden. —

Ich komme zu etwas Wichtigerem.

Für jedes akademische philologische Studium, also auch für das neusprachliche, ist es in höchstem Grade wünschenswerth, dass, wer an dasselbe herantritt, einiges Verständniss für sprachliche Entwicklung und sprachliches Leben oder, mit andern Worten, für die innerhalb jeder Sprachindividualität und jeder Sprachexistenz sich vollziehenden lautlichen, flexivischen und syntaktischen — statt der letzten und theilweise auch statt der vorletzten liesse sich ebenso gut sagen: psychologischen — Processe bereits durch den Schulunterricht sich angeeignet habe. Durch den lateinischen Unterricht nun kann dies nicht oder doch nicht in dem an sich möglichen und erwünschten Maasse erreicht werden. Der lateinische Unterricht nämlich pflegt, wenigstens was die Formenlehre anlangt, rein dogmatisch ertheilt zu werden, d. h. es werden dem Schüler die lateinischen Formen einfach als gegebene Grössen überliefert, ohne dass er über die Genesis derselben aufgeklärt würde. Ich bin weit entfernt, dieses Verfahren tadeln zu wollen; ich halte es vielmehr für das aus pädagogischen Gründen einzig anwendbare und zweckmässige, zum Mindesten so lange als die lateinische Formenlehre Hauptunterrichtsgegenstand der untersten Gymnasial- und Realclassen ist; auch weiss ich sehr wohl, dass dies Verfahren sich schon um desswillen empfiehlt, weil der Formenbau der lateinischen Sprache ein eigenthümlich complicirter und schwer durchsichtiger ist, so dass es kaum möglich sein dürfte, ihn in einer dem Verständnisse kleiner Knaben angemessenen Weise nach wissenschaftlichen Grundsätzen analytisch darzustellen. Versucht ist es allerdings mehrfach worden, aber, soweit mir bekannt geworden, doch immer ohne durchschlagenden Erfolg. Unsere Sextaner und Quintaner erlernen also die lateinischen Formen dogmatisch nach den herkömmlichen, im Laufe langer Jahrhunderte nur unwesentlich abgeänderten Paradigmenschemen; sie erlernen beispielsweise die üblichen vier Conjugationen, ohne etwas von wurzelhaften und abgeleiteten Verben oder von starker und schwacher Conjugation zu hören; sie erlernen das Imperfect auf *-bam*, die Perfecta auf *-vi*, die Futura auf *-bo* etc., ohne zu ahnen, dass dies nach der Ansicht hervorragender Sprachforscher eigentlich zusammengesetzte Tempora sind; sie erlernen die einfachen Tempora des Passivs, ohne dass man ihnen sagt, dass dieselben aus den Activformen und dem daran gefügten Reflexivpronomen sich zusammensetzen; sie lernen Formen wie *amamini*, ohne auch nur zu argwöhnen, dass das eigentlich gar keine Formen des verbum finitum, sondern Plurale sonst verlorner Participialbildungen sind; man gewöhnt sie, von *capio facio* etc. die Perfecta *cepi*, *feci* etc. zu bilden, ohne ihnen über Grund und Bedeutung des stattfindenden Stammvocalwechsels etwas mitzutheilen; sie lernen in Formen wie *amem*, *audiam (audies)* Conjunctive Präsentis und Indicative Futuri erblicken, und doch sind diese Formen eigentlich Optativbildungen, — und dergleichen Beispiele würden sich zu Hunderten anführen lassen. Es werden also die lateinischen Formen, mindestens ganz vorwiegend, rein mechanisch mit dem Gedächtnisse erlernt, sie werden von dem Lehrer als Dinge hingestellt, welche einer Analyse und Erklärung gar nicht bedürfen, sondern eben als gegeben und feststehend hinzunehmen sind. Ich wiederhole ausdrücklich, dass ich diese Methode keineswegs missbillige, dass ich sie vielmehr für die der kindlichen Altersstufe einzig angemessene erachte, aber es liegt doch sonnenklar auf der Hand, dass sie nicht geeignet ist, den Sinn für die Sprachentwicklung, wie sie in dem Organismus des Formenbaues zum Ausdrucke gelangt, anzuregen und das Verständniss für die lautlichen und psychologischen Gesetze, nach denen dieser Organismus geschaffen und, wenn geschaffen, wieder aufgelöst wird, zu eröffnen. Diese Aufgabe löst der lateinische Schulunterricht nicht; seine hohe bildende Kraft und Wirksamkeit liegt anderswo: sie ist darin enthalten, dass er die Schüler die grammatischen Kategorien und Distinktionen scharf unterscheiden und praktisch verwenden und dadurch logisch denken lehrt. Auf dem Gymnasium tritt nun als trefflich ergänzendes Bildungsmittel neben den lateinischen der griechische Sprachunterricht. Bei diesem ist die Anwendung der rein mechanischen und dogmatischen Methode so unmöglich, dass sie meines Wissens nie versucht worden ist, wenn auch natürlich die streng durchgeführte und klare Analyse der Formen, wie sie etwa in Curtius' Grammatik zu finden ist, nur als ein Ergebniss lang fortgesetzter und oft auf Irrpfaden sich bewegender Bemühungen gewonnen werden konnte. Das Griechische fordert von vornherein für die Erlernung seines reichen Formenschatzes eine andere, rationellere Methode, als das Lateinische. Die Formen des letzteren vermag man zu erlernen, ohne von der Natur der Laute, aus denen sie sich zusammensetzen, und von den Gesetzen des Wandels, denen die Laute wiederum unterliegen, eine Ahnung zu besitzen; die griechische Formenlehre dagegen setzt stets einige Kenntnisse der Lautlehre, mögen sie auch immerhin ganz rudimentär und elementar sein, voraus, und so geschieht es, dass an den Eingangspforten der griechischen Grammatik der Schüler zumeist die erste Bekanntschaft mit so höchst elementaren, aber doch auch so höchst fundamentalen lautphysiologischen, bzw. phonetischen Begriffen, wie gutturales, dentales und labiales, tenues, mediae und aspiratae, macht, dass er erst dann eine Idee davon erhält, wie gewisse Laute einander bedingen, andere wieder einander ausschliessen und wie noch andere Laute, wenn sie einander sich berühren, bestimmte Modificationen ihrer Qualität erleiden, kurz, wie ein Lautcomplex nicht etwa ein zufälliges und nicht weiter erklärbares Conglomerat aus einzelnen Bestandtheilen, sondern ein nach bestimmten Gesetzen gebildetes und bestimmten Gesetzen unterworfenes organisches Ganze ist. Und es würde sich nun im Einzelnen nachweisen lassen, wie in der griechischen Formenlehre, selbst wenn sie ganz elementar betrieben wird, doch immer mit Lautgesetzen und Lautprocessen operirt werden muss, wie, namentlich in der Conjugation, die Formen nicht einfach als gegeben hingestellt werden können, sondern, um überhaupt erfasst zu werden, mehr oder weniger analytisch zergliedert und rationell erklärt werden müssen, so dass der Schüler fortwährend zum sprachlichen Denken genöthigt, zu einer annähernd verständigen Anschauung der Formen veranlasst wird. Aber ich glaube hier auf einen solchen detaillirten Nachweis verzichten zu dürfen, denn er ist unnöthig für Alle, welche je auf den Bänken einer Gymnasialquarta und -tertia gesessen haben, weil diese ihn in ihrer eigenen Erfahrung finden müssen; für Andere aber würde er, weil von ihnen unbekannten Dingen handelnd, unverständlich sein. Leugnen wird es ohnehin kein Sachverständiger, dass der Unterricht in der griechischen Formenlehre eine ganz ausgezeichnete, durch Nichts ersetzbare Schulung des sprachlichen Denkens abgiebt und dass dabei selbst anscheinend werthlose und vermeintlich selbst lästige Dinge, wie z. B. die Accentlehre, sich pädagogisch trefflich verwerthen lassen. Und die Schüler selbst scheinen sich dessen bewusst zu sein, welch' grosse geistige Wohlthat ihnen durch diesen Unterricht erwiesen, wie durch ihn der Horizont ihrer Anschauungen ganz wesentlich erweitert, ihre geistige Spannkraft unendlich gesteigert und gestärkt wird. Ich wenigstens, der ich lange Jahre als Gymnasiallehrer griechischen Elementarunterricht ertheilt habe, konnte immer beobachten, mit welchem Interesse die Schüler dem Unterrichte folgten, wie eifrig sie Stück für Stück des Lehrstoffes sich aneigneten und jeder neuen Errungenschaft sich freuten, wie fleissig selbst die sonst Trägeren arbeiteten und weiter strebten. — Es tritt aber nun noch ein anderes Moment hinzu, um den Werth des griechischen Unterrichtes als einer Propädeutik für jedes philologische Studium zu erhöhen. Die lateinische Sprache, soweit sie auf der Schule betrieben wird und betrieben werden kann, stellt sich den Lernenden im Wesentlichen in einer einheitlichen Gestaltung dar, eben in der Gestaltung einer fest ausgebildeten, strengen Normen unterworfenen und alles Fremd- oder Neuartige grundsätzlich abweisenden Schriftsprache, die ihrer Classicität sich bewusst und dieselbe unbefleckt zu erhalten eifrigst bestrebt ist. Wohl bestehen natürlich innerhalb dieser Schriftsprache Verschiedenheiten des Styles und des Wortschatzes zwischen der prosaischen und der poetischen Diction, wohl besitzt auch ein jeder der hervorragenden Autoren eine dem schärferen Blicke deutlich erkennbare sprachliche Individualität, und in den Werken des einen oder des anderen mögen sich für die mikroskopische sprachliche Untersuchung sogar dialektische Idiotismen herausfinden lassen, aber alle diese Differenzen sind im Grossen und Ganzen doch nur unwesentlich, und mit vollem Rechte darf man sie unbeachtet lassen und behaupten, dass — abgesehen von stylistischen Abweichungen — in den Werken aller classischen lateinischen Autoren, soweit sie auf der Schule gelesen zu werden pflegen (also beispielsweise Plautus und Lucrez nicht mit inbegriffen), ein und dieselbe Sprachform ohne irgend welche den Augen der Schüler wahrnehmbare orts- oder zeitdialektische Spaltungen vorliegt. Es bedient sich z. B. Tacitus einer ganz andern Stylform, als Livius, aber im Wesentlichen durchaus derselben Sprachform, wie dieser, denn dadurch, dass sich bei Tacitus etwa einige Dutzend Substantiv- und Verbalformen finden, welche Livius nicht braucht, und selbst dadurch, dass Tacitus seine Sprache mit einem oberflächlichen archaistischen Firniss überzogen hat, dadurch, meine ich, wird das ausgesprochene Urtheil nicht entkräftet. Thatsache ist jedenfalls, dass der Schüler auf dem Gymnasium (und selbstverständlich auch auf der Realschule) die lateinische Formenlehre nur einmal erlernt: mit dem, was er davon in Sexta und Quinta sich angeeignet, kommt er auch in der Prima noch ganz gut aus, höchstens dass er sich inzwischen ein halbes Hundert poetischer und archaischer Formen hinzugesammelt haben muss. Wie anders aber verhält es sich dagegen im griechischen Unterrichte! Hier ist die Beschränkung auf nur eine Sprachform unmöglich. Wenn man auch selbstverständlich zum Ausgangspunkte und zur Grundlage des Unterrichtes den attischen Dialekt nimmt und die Schüler anleitet, in ihm die Sprache der classischen Prosa zu erblicken, so muss man doch ebenso selbstverständlich um Homers willen die Schüler mit dem epischen und um Herodots willen mit dem ionischen Dialekte bekannt machen und wird selbst nicht umhin können, ihnen die nöthigsten Mittheilungen über die Eigenarten des dorischen und des äolischen Dialektes zu geben. So tritt die griechische Sprache dem Schüler in einer Vielheit von Gestaltungen entgegen und nöthigt ihn zu einer steten Vergleichung dieser verschiedenen Gestaltungen unter einander, zu einem steten Achten auf die Wechselbeziehungen, welche zwischen ihnen bestehen, zu einem steten Aufspüren und Festhalten der Lautgesetze, welche die Brücke von einem Dialekte zum andern schlagen. Welch' treffliche Anleitung zu philologischem Denken, welche herrliche praktische Einführung in das sprachvergleichende Studium wird dadurch geboten! Wahrlich, schon um dieser geistigen Gymnastik willen, wie sie besser gar nicht gedacht werden kann, sollte wer irgend welche Philologie — mindestens wer irgend welche dem indogermanischen Sprachgebiete angehörige Philologie — studieren will, durch die griechische Schule ebenso hindurch gegangen sein wie durch die lateinische. Es gilt dies natürlich auch von dem Studenten der neueren Philologie.

Und die griechische Litteratur, diese auf allen Gebieten so reiche, so herrliche Litteratur, soll sie dem Neuphilologen unzugänglich bleiben? soll ihm gestattet sein, Griechisch nicht zu verstehen und folglich den Schlüssel zu dieser Litteratur nicht zu besitzen?

Ihm sollte dies gestattet sein, der sich mit den modernen Litteraturen wissenschaftlich zu beschäftigen hat, die sich so vielfach an die griechische Litteratur angelehnt, aus ihr so oft die ästhetischen Normen entliehen, aus ihr eine solche Fülle von Stoffen und Gedanken, von sprachlichen und rhythmischen Bildungen geschöpft haben? Wer kann das im Ernste wollen? Ich glaube auch nicht, dass Jemand es wirklich will. Nur meinen Viele, es reiche hin, die griechische Litteratur aus Uebersetzungen kennen zu lernen. Dies ist irrig. Uebersetzungen, auch die besten, sind immer nur schwache Schattenbilder der Originale und, wenn sie viel leisten, so geben sie den allgemeinen ästhetischen Charakter derselben annähernd treu wieder. In Folge dessen mögen sie demjenigen ganz gute Dienste leisten, der sich damit begnügen will und begnügen darf, litterarischen Studien insoweit obzuliegen, als es für die allgemeine litterarische Bildung und für das ästhetische Geniessen erfordert wird, also etwa einem Kaufmanne, einem Landwirthe, einer gebildeten Dame. Für wissenschaftliche, in Sonderheit für philologische Zwecke genügen Uebersetzungen nicht, denn bei Verfolgung wissenschaftlicher Zwecke kommt es auf den Wortlaut, auf die Satzform, auf die eigenste und innerste Bedeutung der Worte an, auf Dinge also, welche, mindestens sehr häufig, auch in der besten Uebersetzung nicht getreu wiedergegeben werden können. Der Neuphilolog aber, wenn er als Philolog und nicht bloss als ästhetisirender Dilettant mit griechischen Litteraturwerken sich zu beschäftigen hat — und er kommt häufig genug in diese Lage, wenn er es ernst nimmt mit seiner Wissenschaft —, hat dabei wissenschaftliche Zwecke zu verfolgen und muss also so operiren, wie die Wissenschaft es erheischt, d. h. mit Kenntniss des Griechischen. Ein Neuphilolog ohne Kenntniss des Griechischen wird oft sich vor die Alternative gestellt sehen, entweder seine Forschungen nur bis zu einem gewissen Punkte führen zu können, weil eben jenseits desselben griechisches Gebiet beginnt, oder aber von einem gewissen Punkte ab sich auf Treue und Glauben fremder Führung überlassen und auf die eigene Controle verzichten zu müssen, — das Eine wie das Andere ist gewiss eine Lage, die eines Mannes der Wissenschaft höchst unwürdig ist, und wer sich in ihr befindet, wird schmerzlich seine Inferiorität gegenüber den des Griechischen kundigen Fachgenossen empfinden, um so schmerzlicher, wenn er sich sagen muss, dass er diesen letzteren an fachwissenschaftlicher Bildung und Tüchtigkeit keineswegs nachsteht. Uebrigens wird nicht nur in Bezug auf litterarische, sondern auch in Bezug auf sprachliche Dinge für den Neuphilologen Kenntniss des Griechischen erfordert, wenn er auf der Höhe seiner Wissenschaft stehen und dem, was innerhalb derselben geleistet wird, mit Verständniss soll folgen können. Die Sprachwissenschaft, von welcher ja die romanisch-englische Philologie einen Bestandtheil und ein Gebiet bildet, bedient sich jetzt der comparativen Methode und verdankt gerade diesem Umstande zu einem guten Theile ihre bewundernswerthen Fortschritte; bei dieser Methode aber ist die Berücksichtigung des Griechischen, als einer Sprache, die in besonderem Grade eine Fülle von interessanten und belehrenden Thatsachen auf allen Gebieten ihrer Grammatik darbietet, unerlässlich. —

Und noch Eins möchte ich der Erwägung anheim geben. Unsere moderne Cultur ist, wenn wir sie genau betrachten, zu ihrem grössten Theile noch eine Renaissancecultur, d. h. eine solche, welche sich auf die antike römisch-griechische Cultur (ich stelle mit Absicht das „römisch" voran) begründet, bezugsweise dieselbe, soweit dies möglich, zu reproduciren bestrebt ist. Wer das bezweifeln will, der erinnere sich dessen, dass die moderne bildende Kunst, besonders die Architektur und Plastik, bei den Griechen und Römern in die Schule geht, dass die moderne Poesie vielfach auf Bahnen wandelt, welche das classische Alterthum vorgezeichnet hat, dass die moderne Wissenschaft, so sehr sie auch auf den meisten Gebieten diejenige des Alterthums überholt hat, doch immer noch an diese sich anlehnt und auf sie Bezug nimmt, wie sie denn auch dies Abhängigkeitsverhältniss äusserlich durch die Beibehaltung eines grossen Theiles der im Alterthume geschaffenen Terminologie bekundet. Es würde gar nicht schwer sein, noch weitere solche Hinweise zu geben und darauf hinzudeuten, wie z. B. selbst in der Politik, in der Jurisprudenz, in der Administration griechische und römische Anschauungen und Ideen noch lebendig und praktisch wirksam sind. Indessen ich will diese Betrachtung nicht fortsetzen. Die Thatsache, zu deren Beweise ich sie begonnen, ist doch wohl jedem Einsichtigen klar genug. Oder wer sollte sie leugnen wollen, wenn er daran denkt, dass die Namen der germanischen, slavischen und keltischen Gottheiten, zu denen unsere Vorfahren einst gebetet, jetzt den Völkern verschollen sind, während die Namen der olympischen Götter von jedem Schulknaben gekannt werden? Noch weniger ist es hier meine Absicht, ein Urtheil über den absoluten Werth unserer Renaissancecultur auszusprechen, oder gar mich in Vermuthungen darüber zu ergehen, ob und wann sie jemals durch eine neue, originalere Culturform abgelöst werden wird. Das jetzt lebende Geschlecht nicht nur, sondern auch noch manche ihm nachfolgende werden ganz sicher den Eintritt in eine wirklich neue Culturperiode nicht erleben, werden sich nicht loslösen von den durch das Alterthum überlieferten Traditionen. Und somit darf man den jetzt bestehenden Culturzustand als einen solchen betrachten, welcher eine noch unabsehbare Dauer zu haben wenigstens scheint.

Wenn dem so ist, dass unsere moderne Cultur zu einem sehr beträchtlichen Theile sich auf die antike gründet, so muss man an alle diejenigen, welche innerhalb der modernen Culturwelt eine irgendwie intellectuell oder praktisch führende Rolle zu übernehmen berufen sind, die Anforderung stellen, dass sie mit der Cultur des

Alterthums sich vertraut gemacht haben, denn sonst bleibt ihnen die Cultur der Gegenwart ein Räthsel oder doch ein Etwas, dessen Wesen und Grundbedingungen sie nicht zu erkennen vermögen, und selbstverständlich ist es ja, dass, wer die Cultur seiner Zeit nicht versteht, schlecht dazu taugt, irgend wie an der Bewahrung und Weiterbildung, bzw. Umbildung dieser Cultur sich leitend zu betheiligen. Die wüstesten Culturgebilde oder vielmehr -ungebilde sind in der Neuzeit immer da entstanden, wo ohne Kenntniss und mit völliger Ignorirung der Grundlagen der modernen Cultur darauf losgewirthschaftet wurde, und die grösste Gefahr für die Zukunft unserer Culturentwickelung liegt meines Erachtens darin, dass Viele vermeinen, es lasse sich etwas historisch Gewordenes ohne Kenntniss und Verständniss der Vergangenheit nicht nur, soweit es gut, festhalten, sondern auch, soweit es nicht oder nicht mehr gut, umbilden. Innerhalb eines Zeitalters also, welches sich mehr oder weniger als eine Renaissance des classischen Alterthums darstellt, ist es für Jeden, welcher vermöge seiner Bildung in die ersten Reihen seiner Nation zu treten beanspruchen darf, Erforderniss, mit Sprache, Litteratur und Cultur dieses Alterthums bekannt zu sein. Nun ist freilich keineswegs in Abrede zu stellen, im Gegentheile bereitwillig zuzugestehen, dass die Bestandtheile unserer Cultur, soweit sie Renaissancecultur ist, vorwiegend römische, nicht griechische sind. Aber die letzteren sind doch auch in nicht geringer Zahl vorhanden, und zu wünschen ist, dass sie immer intensiver und wirksamer zur Geltung gelangen; auch muss berücksichtigt werden, dass die römische Cultur, bevor sie eine für die Nachwelt bedeutungsvolle wurde, bereits von der griechischen eine tiefgreifende Beeinflussung erfahren hatte und zu einem guten Theile hellenisirt worden war.

Aus den dargelegten Gründen also betrachte ich, wie für den Studenten einer jeden andern philologischen Wissenschaft (und überhaupt einer jeden wahren Wissenschaft), so auch für den Studenten der Neuphilologie die Bekanntschaft mit griechischer Sprache und Litteratur für schlechterdings nothwendig, und folglich bin ich der Meinung, dass die Zulassung von des Griechischen nicht kundigen Realschulabiturienten zu neuphilologischen (und auch zu andern) Universitätsstudien auf die D a u e r nicht wünschenswerth ist, wenn sie auch für den Augenblick, wo die Zahl der Gymnasialabiturienten noch weit überwiegt und demnach die für die Methode des Universitätsunterrichtes bestimmende ist, keine grossen Bedenken hat und jedenfalls als Experiment berechtigt und interessant ist. Uebrigens hat die Zulassung der Realschulabiturienten zum Studium der neueren Sprachen etwas an und in sich, was sie für die Betreffenden selbst als ein Danaergeschenk erscheinen lässt. Es ist nämlich verfügt worden — und zwar mit bestem Grunde —, dass Realschulabiturienten nur an Realschulen, bzw. höheren Bürgerschulen, Gewerbeschulen und dgl., nicht aber an Gymnasien anstellungsfähig seien, während die Anstellungsfähigkeit der Gymnasialabiturienten keiner Beschränkung unterliegt. Dadurch werden die neuphilologischen Lehrer, welche aus Realschulen hervorgegangen sind, zu einer Art Sprachlehrer zweiter Classe — ich will nicht sagen: herabgedrückt, denn das liegt durchaus nicht in der Absicht des Gesetzes —, aber doch gemacht, und sie sehen sich auf eine weit eingeengtere Bahn ihres amtlichen Fortkommens angewiesen, als ihre Collegen, welche Gymnasialbildung erhalten haben. Ein solcher Zustand, der eine unleugbare, wenn auch nothwendige Benachtheiligung für tüchtige und strebsame Männer mit sich bringt, muss Verstimmung und selbst Verbitterung erzeugen, und das thut nie gut, am wenigsten bei Lehrern der Jugend, die ihres Amtes, wenn es Segen bringen soll, mit Freudigkeit warten müssen.

Director Steinbart in Duisburg, einer der eifrigsten und gewandtesten Verfechter der Realschule, hat kürzlich den interessanten Versuch gemacht, eine Statistik über das Fortkommen derjenigen norddeutschen Realschulabiturienten zusammenzustellen, welche sich während des Decenniums 1866—1876 dem akademischen Studium der Chemie und Naturwissenschaften gewidmet haben. Die wichtigsten Resultate seiner mühevollen Untersuchung hat er in folgenden Sätzen zusammengefasst: 1. Ein auffallend grosser Procentsatz dieser Abiturienten hat promovirt; mehrere sind schon Universitätslehrer. 2. Die bei der Promotion erlangten Grade scheinen günstige zu sein. 3. Diejenigen, welche das Ex. pro fac. doc. machten, haben bessere Resultate erreicht, als die Gymnasialabiturienten. 4. Es widmen sich dem Lehrfach etwa die Hälfte. 5. Ueber ein Viertel hat Assistentenstellen inne.

Leider hat Steinbart seine Untersuchung nicht auch auf die zum neusprachlichen Studium übergegangenen Abiturienten ausgedehnt. Ich bezweifle indessen gar nicht, dass er dann zu annähernd gleich günstigen Ergebnissen gelangt sein würde. Nur meine ich, dass damit nicht allzu viel bewiesen wäre. Denn erstlich bleibt noch abzuwarten, ob die während der letzten Jahre zu akademischen Würden und zu Lehrämtern gelangten Realschulabiturienten die Wissenschaft selbstthätig und selbstdenkend fördern und sich als Männer erweisen werden, denen die Wissenschaft nicht die melkende Kuh, sondern die heilige Göttin ist. Man mag gewiss allen Grund haben, dies zu erhoffen, immerhin jedoch soll man den Tag nicht vor dem Abend loben. Sodann aber ist Folgendes in Berücksichtigung zu ziehen. Durch Doctor- und Lehramtsprüfungen kann im Wesentlichen nur die fachwissenschaftliche, so zu sagen technische Bildung der Candidaten constatirt werden, und warum ein Realschulabiturient diese sich nicht sollte aneignen und die Examina gut bestehen können, ist nicht einzusehen; das Bestehen der Examina wird um so weniger Schwierigkeiten haben, als jeder verständig und billig denkende Examinator von einem Realschulabiturienten niemals Dinge verlangen wird, die derselbe, weil des Griechischen unkundig, eben nicht leisten kann, also ihn z. B. kein Thema bearbeiten lassen wird, wozu die Einsicht griechischer Litteraturwerke im Original oder die Kenntniss griechischer Sprachformen unbedingt nöthig wäre. Wissenschaftliche Fachbildung also kann sich der Realschulabiturient sehr wohl aneignen und, nachdem er es gethan, sich darüber im Prüfungssaale ausweisen, aber neben der Fachbildung giebt es noch eine andere höhere Bildung: die humane und ideale Durchbildung des ganzen Menschen, und ob diese jemals, ob sie mindestens unter unsern gegenwärtigen Culturverhältnissen erreichbar ist ohne Vertrautheit mit dem hellenischen Alterthume, das ist mir sehr zweifelhaft, oder vielmehr es ist das Gegentheil mir unzweifelhaft. Und doch gerade für den Lehrer ist eine solche Durchbildung in besonders hohem Maasse erforderlich, denn er in erster Linie soll unsere Culturtraditionen dem heranwachsenden Geschlechte überliefern, er soll dafür sorgen, dass edle Menschlichkeit und Idealismus fortgepflanzt werden aus der Gegenwart in die Zukunft.

In dem Fehlen des Griechischen erblicke ich also einen schweren Mangel im Organismus der jetzigen Realschule und in diesem Mangel wieder ein ernstes Bedenken gegen die Zulassung ihrer Abiturienten zu irgendwelchen, in Sonderheit jedoch zu neusprachlichen Studien. Indessen auch das einzige ernste Bedenken. Denn weshalb im Uebrigen die Realschule ihre Schüler nicht ebensogut sollte vorzubereiten vermögen, wie das Gymnasium, ist mir unerfindlich, da ich der Meinung bin, dass — eben abgesehen vom griechischen Unterrichte — der Lehrplan des Gymnasiums und derjenige der Realschule ein jeder seine eigenthümlichen Vorzüge besitzt, dass ein jeder in seiner Weise gut und qualitativ dem andern gleichwerthig ist und dass ein jeder gleich sicher und gleich rasch zu demselben Ziele führt, zum Ziele einer tüchtigen, als Grundlage für akademische Studien sich eignenden propädeutischen Bildung. Das Gymnasium treibt viel und gründlich Latein — das ist gut, sehr gut; es treibt etwas wenig Mathematik und Naturwissenschaften — das schadet nichts, vorausgesetzt dass der Unterricht recht methodisch ertheilt wird; es behandelt das Französische etwas stiefmütterlich — auch das mag hingehen, da ja durch Latein und Griechisch in genügender Weise für sprachliche Vor- und Durchbildung gesorgt und damit die beste Basis auch für das Studium der neueren Sprachen gewonnen wird. Die Realschule treibt etwas weniger Latein — aber der Unterricht braucht desshalb kein unfruchtbarer und ungründlicher zu sein, kann vielmehr gerade recht anregend gestaltet werden; sie treibt mehr Mathematik und Naturwissenschaften — das ist eine vortreffliche Anleitung zum exakten Denken und eine ausgezeichnete Vorschule zu jedem akademischen Studium; sie widmet endlich den neueren Sprachen eine verhältnissmässig beträchtliche Zeit — das ist ja sehr vortheilhaft für den künftigen Neuphilologen. In Bezug auf die sonstigen Unterrichtsgegenstände, als da sind Religion, Deutsch, Geschichte, Geographie, sind

2*

die zwischen Gymnasium und Realschule bestehenden grundsätzlichen Differenzen wohl kaum so gross, wie die thatsächlichen Verschiedenheiten, welche zwischen den einzelnen Anstalten derselben Kategorie zu finden sind.

In einem Punkte übrigens ist die Realschule als Vorbereitungsstätte für das neuphilologische Studium dem Gymnasium gegenüber entschieden im Vortheile: sie vermittelt ihren Schülern die Kenntniss der englischen Sprache, eine Kenntniss, deren ein Neuphilologe auch in dem Falle dringend bedürftig ist, dass er sich auf das Studium der romanischen Philologie beschränkt. Nebenbei bemerkt erachte ich das gänzliche Fehlen des englischen Unterrichtes an den meisten norddeutschen Gymnasium für einen schweren und durchaus nicht absolut durch pädagogische Gründe gerechtfertigten Mangel. Ich meine, die Anfangsgründe des Englischen könnte und sollte das Gymnasium seinen Schülern überliefern, um ihnen damit wenigstens den festen Boden zu bieten, auf welchem sie dann selbst weiter bauen können, um sich mit Sprache und Litteratur eines der ersten Culturvölker der Erde bekannt zu machen. Dann würde auch die ärgerliche Erscheinung verschwinden, dass sonst hochgebildete und gelehrte Männer ganz geläufige englische Eigennamen — bei selteneren mag man es ja gern verzeihen — in schauderhaftester Weise radebrechen. Sehr empfehlen würde es sich, und zwar aus mehrfachen Gründen besonders auch im Interesse der künftigen Theologen, das Hebräische am Gymnasium durch das Englische zu ersetzen. Denn einerseits ist nicht nur nicht einzusehen, wesshalb der Theolog das Studium des Hebräischen nicht ebenso gut erst auf der Universität sollte beginnen können, wie etwa der Philolog das Studium des Sanskrit, sondern es dürfte im Gegentheile eine solche Verschiebung der Sache förderlich sein, indem dann von vornherein das Studium intensiver und in wissenschaftlicherer Weise in Angriff genommen werden könnte; andrerseits aber würde durch den englischen Schulunterricht der künftige Theolog sich die reiche theologische Litteratur Englands zugänglich machen und zugleich für den Fall, dass er, wie das ja so oft vorkommt, vor dem Eintritte in das Amt als Haus- oder Institutslehrer fungiren muss, sich mancherlei praktische Vortheile sichern. Aber auch neben dem Hebräischen dürfte ein wenigstens facultativer englischer Unterricht in den obersten Classen des Gymnasiums recht wohl möglich sein. Thatsächlich wird ein solcher auch an den Gymnasien mehrerer preussischer Provinzen ertheilt, ohne dass, soviel ich weiss, sich irgend welche Nachtheile herausgestellt hätten.

Dass für den Neuphilologen die Kenntniss des Englischen nothwendig sei, ward bereits bemerkt. Ganz selbstverständlich ist dies natürlich bei dem, welcher neben dem Französischen das Englische zu seinem Hauptfache erwählt, wie das ja das Uebliche und unter den bestehenden Verhältnissen fast das einzig Mögliche ist. Aber auch wer sich ausschliesslich der romanischen, bezw. der französischen

Philologie widmen will, kann der Kenntniss des Englischen nimmer entrathen, da die zwischen der romanischen, bezw. französischen Litteratur einerseits und der englischen Litteratur andrerseits bestehenden Wechselbeziehungen so enge sind, dass die erstere ohne Vertrautheit mit der letzteren in ihrer historischen Entwickelung gar nicht verstanden werden kann, namentlich in Bezug auf die letzten Jahrhunderte; für das Französische tritt noch hinzu, dass bei der Bestimmung der Qualität altfranzösischer Laute aus der Gestaltung und Entwickelung der englischen, bezw. anglo-normannischen Lautverhältnisse manche erwünschte Aufklärung gewonnen werden kann.

Nur freilich möchte ich das Englische nicht auf gleiche Linie mit dem Griechischen setzen und nicht die Behauptung aufstellen, dass, wer keinen englischen Schulunterricht genossen, eine durchaus nöthige Vorbedingung für das neuphilologische Studium unerfüllt gelassen habe — es müsste ja dann die Zulassung der meisten Gymnasialabiturienten als bedenklich erscheinen. Es liegt eben bei dem Englischen die Sache wesentlich anders, als bei dem Griechischen: Griechisch nachträglich zu erlernen ist bei dem Formenreichthume dieser Sprache schwer, so schwer, dass es selten versucht und noch seltner erreicht wird; hingegen Englisch nachträglich zu erlernen, ist bei der Formenarmuth dieser Sprache und bei ihrer nahen Verwandtschaft mit dem Deutschen verhältnissmässig leicht. Einen scharfen Stein des Anstosses bildet freilich die Aussprache, aber auch er wird sich, zumal in grösseren Städten, meistens leicht hinwegräumen lassen, denn Leute, welche das Englische leidlich correkt aussprechen und für Geld oder gute Worte Unterricht darin ertheilen, gehören ja nicht gerade zu den Seltenheiten. Ueberhaupt kommt es dem, der ohne englische Kenntnisse die Universität bezieht, zu statten, dass die englische Sprache eine lebende und vielverbreitete und also ein Lehrer in derselben unschwer zu finden ist. —

Die oben aufgeworfene Frage: wer kann dem Studium der Neuphilologie sich widmen? möchte ich also dahin beantworten: es kann sich ihm widmen, wer im Lateinischen, im Griechischen und womöglich im Englischen (selbstverständlich auch im Französischen) gründliche schulgerechte Kenntnisse sich erworben hat und in den übrigen Fächern eine Bildung besitzt, wie sie sei es durch den Gymnasial-, sei es durch den Realschulunterricht gewonnen wird. Auszuschliessen würden also sein Realschulabiturienten, sofern in Zukunft die Realschulen nicht einen wenigstens elementaren und facultativen Unterricht im Griechischen (etwa analog dem englischen Unterrichte an einigen Gymnasien) in ihren Lehrplan aufnehmen sollten, seminaristisch Vorgebildete und Personen, welche zwar irgendwie eine gewisse allgemeine Bildung und die äussere Fertigkeit im Gebrauche einer oder mehrerer neueren Sprachen sich angeeignet haben, aber der tieferen Bildung, wie sie eben nur der bis zum abgelegten Reifeexamen fortgesetzte Besuch einer höheren Schule verleihen kann, entbehren und den Organismus einer höheren Schule überhaupt aus eigener Erfahrung nicht kennen. Ich würde die beiden letzteren Kategorien gar nicht namhaft gemacht haben, wenn nicht zuweilen doch derartige Leute mit ministeriellem Dispense sich zum Ex. pro fac. doc. meldeten und, wenn sie — was ja an sich weder unmöglich noch unbegreiflich ist — den Anforderungen desselben genügen, die Examinatoren in die peinliche Lage versetzten, Personen als zum höheren Schulamte tüchtig erklären zu müssen, welche doch die wirkliche innere Qualification nicht besitzen.

Ich komme nun zur Erörterung der Frage: wie soll man die neueren Sprachen (d. h. Französisch und Englisch) studieren?

Vor allen Dingen muss ich aber bemerken, dass ich auf das lebhafteste wünschte, es wäre diese Frage nicht mit dem Objekte im Plurale zu stellen, wenigstens nicht in dem Sinne, dass damit Französisch und Englisch als in jedem Falle gleichberechtigte und als gewissermassen äusserlich und innerlich untrennbar verbundene Gegenstände des Studiums hingestellt werden sollen.

Die Combination des Französischen mit dem Englischen zu einer Prüfungs- und Lehrfächergruppe, wie sie in den gegenwärtig noch geltenden Prüfungsreglements gegeben ist, datirt aus einer Zeit, wo das Studium und der Unterricht dieser Sprachen ganz oder doch vorwiegend von rein praktischem Gesichtspunkte aus aufgefasst und betrieben zu werden pflegten. Damals konnte sie als berechtigt wenigstens erscheinen. Aber auch der Schein jeder Begründung ist hinfällig geworden, seitdem das neusprachliche Universitätsstudium und der neusprachliche Unterricht wissenschaftliche Vertiefung erhalten haben. Denn seitdem dies geschehen, macht die Thatsache sich immer mehr fühlbar, dass Französisch und Englisch zweien verschiedenen philologischen Gebieten angehören, welche zwar viele gemeinsame Berührungspunkte haben — alle philologischen und überhaupt alle wissenschaftliche Gebiete haben deren ja mit einander gemein —, aber doch scharf genug von einander geschieden sind. Das französische Studium ist, wie bekannt, ein Zweig der romanischen, das englische ein solcher der germanischen Philologie. Es ist nun ebenso unmöglich wie unstatthaft, sich mit einer romanischen, bzw. germanischen Sprache wissenschaftlich zu beschäftigen, ohne zugleich auch mehr oder weniger die andern zu berücksichtigen und zu durchforschen. Ich will dies, weil es für jeden Einsichtigen sonnenklar, nicht weitschweifig beweisen, ich will nur fragen: wie sollte ein wissenschaftliches Studium des Französischen, bezw. des Englischen möglich sein ohne Berücksichtigung mindestens des Provenzalischen einerseits, des Gotischen andrerseits? Und Provenzalisch, bezw. Gotisch sind doch höchstens in sprachlicher Hinsicht das dürftigste Minimum von dem, was man fordern muss, denn zu fordern ist ausserdem in sachlicher Hinsicht unbedingt, dass der französische Philolog sich mit der Geschichte und Cultur der romanischen und der englische mit denen der germanischen Völker näher bekannt mache. Welcher Student aber soll diesen Anforderungen für beide Gebiete zu genügen vermögen? woher soll er Zeit, Kraft und gleichmässiges Interesse nehmen? wie soll er es anfangen, um bei dem Versuche nicht der Oberflächlichkeit und dem Dilettantismus anheim zu fallen oder, noch schlimmer, mit mechanischem Nachschreiben und Einpauken von Collegienheften sich zu begnügen? Vielleicht, dass ein besonders genial angelegter oder doch mit einem selten leistungsfähigen Receptionsvermögen ausgestatteter Mensch die Sache einmal fertig bringt, aber eine solche Ausnahme würde die Regel nur bestätigen und keineswegs den Grundsatz entkräften, dass Institutionen auf Durchschnittsmenschen berechnet sein müssen.

Indessen nehmen wir einmal an, es sei möglich, das Französische, bezw. das Englische als einen ganz isolirten, von den übrigen Gebieten der romanischen, bezw. der germanischen Philologie durchaus unabhängigen Gegenstand des Studiums aufzufassen und zu behandeln, so wird damit an der Sache gar nichts geändert. Denn die französische sowol wie die englische Philologie bilden eine jede auch für sich allein so umfangreiche Gebiete, dass mit beiden in gleich gutem Maasse, wie es von einem künftigen Lehrer des Englischen und Französischen gefordert werden muss, sich vertraut zu machen, geradezu ein Ding der Unmöglichkeit ist. Schon auf einem Gebiete einigermassen heimisch zu werden, ist eine Aufgabe, welche die volle Kraft des Studierenden erheischt und keine Zersplitterung duldet. Man bedenke, dass die französische, bezw. die englische Sprache und Litteratur eine mindestens tausendjährig zu nennende Geschichte besitzen und dass keine der während dieses langen Zeitraumes einander sich ablösenden wichtigeren Sprach- und Litteraturgestaltungen dem französischen, bezw. dem englischen Philologen absolut fremd bleiben darf! Man bedenke auch, dass das Französische sowol wie das Englische in eine grosse Zahl einzelner, zum Theil beträchtlich divergirender Dialekte sich gliedert, von denen wenigstens die wichtigsten näher kennen zu lernen für den französischen, bezw. englischen Philologen eine unumgehbare Nothwendigkeit ist! Man bedenke endlich, dass innerhalb der französischen, bezw. englischen Philologie sich mehrfach so umfangreiche Sondergebiete ausgebildet haben, dass sie nahezu selbständige Wissenschaften innerhalb der Wissenschaft sind und dass ihr Studium allein genügt hat, um das Leben und Streben bedeutender Männer auszufüllen; man erinnere sich z. B., dass man sehr wohl von einer besonderen Molière- und Shakespeare-Philologie sprechen kann und dass die Benennungen Molièrist und Shakespearolog sehr berechtigte termini technici geworden sind. Gewiss ist zu verlangen, dass nicht schon der Student sich allzusehr specialisire — wir werden davon weiter unten noch zu reden haben —, sondern ein grösseres Wissensgebiet encyklopädisch zu erfassen lerne, aber ebenso ist zu verlangen, dass dies Gebiet ein sachgemäss begrenztes sei, dass es namentlich nicht künstlich combinirt werde durch eine Verkittung zweier an sich getrennter Gebiete.

Man wende hiergegen nicht ein, dass auch die classische Philologie sich zusammensetze aus zwei an sich getrennten Gebieten, dem lateinischen, bezw. römischen, und dem griechischen. Denn ohne diesem Einwande jede Berechtigung absprechen zu wollen, kann ich ihn doch nicht für völlig zutreffend erachten. Erstlich tritt der Student der classischen Philologie als der vor allen bestvorbereitete an sein Universitätsstudium heran, denn in den Hauptgegenständen desselben, der lateinischen und griechischen Sprache hat er bereits neun, bezw. sieben Jahre hindurch einen intensiven und gründlichen Unterricht empfangen, so dass für ihn die Universität die direkte Fortsetzung des Gymnasiums bildet und es folglich ihm, in der Hauptsache wenigstens, erspart bleibt, sich in ihm früher völlig fremd gebliebene Wissensgebiete einzuarbeiten. Der Student der neueren Philologie ist, namentlich wenn er Gymnasialabiturient ist, in Bezug auf Französisch und Englisch bei weitem nicht so günstig gestellt, denn was ihm der Schulunterricht in diesen Sprachen übermittelt hat, ist im besten Falle doch kaum mehr, als Formenlehre, elementare Syntax, einige Uebung im Schreiben, vielleicht auch im Sprechen und ausserdem, wenn es hoch kommt, ein Abriss der neueren Litteraturgeschichte sowie einige metrische Grundbegriffe. Es werden ihm mithin, wenn er zur Universität kommt, noch umfangreiche und wichtige Theile seines Wissenschaftsgebietes ganz neu sein, so die altfranzösische und altenglische (bezw. angelsächsische) Litteraturgeschichte und Grammatik, die Textkritik etc. Sodann hat der classische Philolog nur im Lateinischen die Fertigkeit im praktischen schriftlichen und mündlichen Gebrauche der Sprache anzustreben, während sie von dem Neuphilologen im Französischen und Englischen gefordert wird. Ferner darf man nicht vergessen, dass selbst der lateinische Universitätsunterricht sehr vorwiegend nur das Schriftlatein und die classische Litteratur behandelt, also ein verhältnissmässig eng begrenztes Gebiet, während innerhalb der französischen, bezw. englischen Philologie eine ähnliche Beschränkung nicht statthaft ist. Und endlich ist zu berücksichtigen, dass vermöge ihrer langen Geschichte und ihrer altbewährten Traditionen die classische Philologie eine dem Studium sehr förderliche grössere Sicherheit und Festigkeit der Methode besitzt, als ihre jugendlichen Schwestern, die französische und englische Philologie, welche noch stark im Entwickelungsstadium begriffen sind und dadurch ihren Jüngern die Ueberwindung eigenthümlicher Schwierigkeiten auferlegen.

Alles in Allem genommen also meine ich, dass der Student der classischen Philologie das Doppelgebiet seiner Wissenschaft weit leichter zu umfassen vermag, als der Student der Neuphilologie dasjenige der seinen, oder vielmehr dass dem ersteren eine trotz aller Schwierigkeit immer noch lösbare, dem letzteren aber eine schlechterdings unlösbare Aufgabe gestellt ist. Vielleicht übrigens dass auch innerhalb der classischen Philologie eine Beschränkung der Art anzuempfehlen wäre, dass der Studierende nur für eine der beiden classischen Sprachen die Lehrbefähigung für alle, in der andern dagegen bloss diejenige für Mittelclassen anzustreben hätte.

In Bezug auf die jetzt in Folge der Prüfungsreglements und einer langjährigen Praxis bestehende Verbindung der französischen und englischen Philologie ist jedenfalls im Interesse der Wissenschaft wie der Schule Trennung zu fordern, um so mehr, als die beiden Philologien keineswegs in einem so engen und unlöslichen Zusammenhange mit einander stehen, wie dies bei der lateinischen und griechischen Philologie der Fall ist, sondern, wie bereits bemerkt, Abtheilungen zweier zwar sich vielfach berührender, aber doch getrennter Gesammtphilologien, der romanischen und der germanischen, sind. Wie die Sachen jetzt stehen, wird der Studierende der Neuphilologie, und das ist der künftige Lehrer der neueren Sprachen an höheren Schulen, angesichts der Unmöglichkeit, die ihm gestellte Aufgabe der Durcharbeitung eines Doppelgebietes zu bewältigen, entweder zu oberflächlichem, dilettantischen Studium geradezu gezwungen werden, oder aber er wird nothgedrungen nur auf dem einen Gebiete wirklich gründlich und ernstlich arbeiten, das andere dagegen als eine Art Anhängsel betrachten und in ihm eben nur das thun, was der Buchstabe des Prüfungsreglements erfordert. Der letzterwähnte ist übrigens noch der günstigere Fall, indessen ist er immerhin noch schlimm und nachtheilig genug, mag man sich auch seine Folgen denken wie man will. Entweder nämlich wird der in der angedeuteten Lage befindliche Candidat die Prüfung in dem von ihm stiefmütterlich behandelten Fache nicht oder doch nicht mit dem vollen Resultate bestehen, während er in dem andern ein gutes, vielleicht selbst glänzendes Ergebniss erzielt. Dann wird natürlich das Gesammtergebniss der Prüfung, wie es in dem Zeugnissgrade zum Ausdruck gelangt, ein wesentlich niedrigeres sein, als wenn ihm durch die Praxis der Verhältnisse gestattet gewesen wäre, in dem einen Fache von vornherein auf die Erlangung wenigstens der vollen Lehrbefähigung zu verzichten; zum Mindesten aber wird ihm die Beschämung zu Theil, in einem Fache, für welches er die volle Facultas erreichen sollte und wollte, für nicht voll bestanden erklärt zu werden, und dass ein solcher Misserfolg, namentlich wenn er nicht durch Trägheit des davon Betroffenen, sondern durch den zu grossen Umfang der durchzuarbeitenden Wissensgebiete verschuldet worden ist, sehr kränken und verbittern muss, das liegt auf der Hand. Oder aber der Candidat erhält auch für das von ihm mehr oder weniger vernachlässigte Fach die volle Facultas, indem er entweder gerade noch nothdürftig den Anforderungen des Prüfungsreglements genügt oder indem der Examinator wohlwollend genug ist, von der Compensationstheorie Gebrauch zu machen, und wegen der vielleicht über das Niveau des gesetzlich Geforderten sich erhebenden Leistungen in dem einen Fache die in dem andern sich zeigenden Lücken milder beurtheilt. Dann erhalten die höheren Schulen natürlich neusprachliche Lehrer, welche auf dem einen der beiden Gebiete, die sie zu vertreten haben, nicht die wünschenswerthe gründliche Durchbildung besitzen und vielleicht in demselben auch nur der Noth gehorchend, nicht dem eignen Trieb unterrichten. Das aber schädigt natürlich die höheren Schulen.

Man löse deshalb die künstliche Combination, die Zwangsehe des Französischen mit dem Englischen! man höre auf, direkt oder indirekt zu fordern, dass, wer in der einen der beiden Sprachen die volle Lehrbefähigung sich erwerben wolle, dies auch in Bezug auf die andere thun müsse! man entsage endlich einmal der Vorstellung, dass, wie durch eine Art von Naturnothwendigkeit, der französische Lehrer auch immer zugleich das Englische zu vertreten habe und umgekehrt! —

Ich meine, genug hat geleistet, wer entweder in der französischen oder in der englischen Philologie die volle Lehrbefähigung sich erwirbt. Nur freilich wird es schon aus praktischen Gründen sich empfehlen, dass mit dieser vollen Lehrbefähigung diejenige für Mittelclassen in einem oder zwei dem Hauptfache zunächst liegenden andern Fächern verbunden werde. Als die natürlichsten Combinationen dürften da zu nennen sein: 1. Französisch für alle Classen. Latein oder Englisch (eventuell beides) für Mittelclassen. 2. Englisch für alle Classen, Deutsch oder Französisch (eventuell beides) für Mittelclassen. Im Falle übrigens, dass ein Candidat in zwei Nebenfächern sich prüfen lassen will, könnte das eine derselben sehr passend auch die Geschichte sein. — Besonders befürworten möchte ich die Combinationen Französisch I und Latein II einerseits und Englisch I und Deutsch II andrerseits, indem dadurch sowol innerlich zusammengehörige und mit einander im engsten Connex stehende Fächer verbunden werden, als auch daraus eine sehr gute praktische Verwendbarkeit der mit solchen Facultäten versehenen Lehrer im Organismus einer Unterrichtsanstalt sich ergiebt. Denn es hat seine sehr grossen pädagogischen Vortheile, dass der französische und der lateinische, der englische und der deutsche Unterricht in den Mittelclassen möglichst in einer Hand concentrirt werden; es wird nämlich eine wesentliche Zeitersparniss erzielt, wenn flexivische und syntaktische Spracherscheinungen, welche einerseits der französischen und lateinischen, andrerseits der englischen und deutschen Sprache gemeinsam sind, von demselben Lehrer behandelt werden, es wird dadurch zugleich dem lästigen Uebelstande vorgebeugt, dass dieselbe Spracherscheinung von verschiedenen Lehrern etwas (wenn auch nur rein formal) verschieden aufgefasst und vorgetragen und damit in den Schülerköpfen heillose Confusion oder gar Zweifel an der Sachkenntniss des einen Lehrers erzeugt wird; auf Gymnasien, wo nun einmal dem Französischen nur eine subordinirte Rolle zugetheilt ist, tritt ausserdem der durchaus nicht verächtliche Vortheil hinzu, dass in den Augen der Schüler das Ansehen des französischen Lehrers erhöht wird, wenn er zugleich in dem Hauptlehrgegenstande, dem Latein, unterrichtet.

Die Scheidung des Französischen von dem Englischen würde auch den praktischen Uebelstand beseitigen, dass dann nicht mehr die an Gymnasien angestellten Neuphilologen, welche in beiden Sprachen die volle Facultas besitzen, ihre englische Lehrbefähigung meist gar nicht verwerthen können und dadurch mit einem Theile ihres Wissens und Könnens geradezu lahm gelegt, überhaupt in der Verwendbarkeit für den Gymnasialorganismus behindert und damit indirekt auch in Avancement etc. benachtheiligt werden. Mit Englisch kann in der Regel der Neuphilolog am Gymnasium nichts anfangen, und hat er darin im Schweisse seines Angesichts sich die volle Facultas erworben, so mag ihn dann leicht die viele darauf gewandte Zeit gereuen; hingegen wird ihm eine mittlere Facultas im Latein gar trefflich zu statten kommen. An der Realschule mag es allerdings sein Gutes haben, dass ein und derselbe Lehrer zugleich Englisch und Französisch dociren wenigstens kann, aber an grösseren Anstalten pflegt doch, wenigstens in den Oberclassen, das Englische und Französische in getrennte Hände gelegt zu werden, um Ueberbürdung der einzelnen Lehrer zu vermeiden oder auch um berechtigten persönlichen Wünschen entgegenzukommen. Jedenfalls hat die Combination Englisch I und Deutsch II ebenfalls grosse praktische Vortheile, und wissenschaftlich ist sie fraglos die vorzüglichere.

Wenn Französisch und Englisch im Studium und im Mittelschulunterrichte auseinanderzuhalten oder doch wenigstens nicht in ihrem ganzen Gebietsumfange als eine unlösbar mit einander verwachsene Gruppe zu denken sind, so ist es selbstverständlich, dass für französische bezw. romanische Philologie und für englische Philologie gesonderte Lehrstühle auf allen Universitäten erforderlich sind. Vor zwanzig Jahren noch, als die englische Philologie erst wenig entwickelt war, mochte es, praktisch wenigstens, allenfalls angänglich sein, dem Romanisten zugleich die Vertretung des Englischen zu übertragen, jetzt aber ist eine solche Häufung der Functionen ein eben solches Unding, als wenn man den Vertreter der lateinischen Philologie zugleich auch zu Vorlesungen über die griechische verpflichten wollte, oder vielmehr sie ist ein noch grösseres Unding, da zwischen lateinischer und griechischer Philologie ein ungleich engerer innerer Zusammenhang besteht, als zwischen der romanischen und englischen. Ich will hierüber als über eine von keinem Sachverständigen geleugnete Thatsache mich nicht in weiteren Betrachtungen ergehen, um so weniger, als in Preussen und Sachsen an den meisten Universitäten bereits besondere Lehrstühle für die englische Philologie errichtet worden sind und an den noch rückständigen Hochschulen — es sind die von Kiel, Königsberg, Marburg und Münster — hoffentlich recht bald das Gleiche geschehen wird, denn es ist ja nicht abzusehen, warum die preussische Regierung, die gerade für den neusprachlichen Universitätsunterricht besonderes Interesse und grosses Wohlwollen bekundet hat, die genannten Hochschulen gegen die anderen zurücksetzen sollte, zumal da in Marburg und Münster wenigstens die Zahl der Studierenden der neueren Philologie eine relativ sehr beträchtliche ist (sie belief sich im Sommersemester 1881 auf ca. 60, bezw. ca. 50). Bleibt in Kiel, Königsberg etc.

der bisherige Zustand bestehen, so werden damit die dort thätigen neusprachlichen Professoren ihren Collegen in Bonn, Greifswald etc. gegenüber degradirt, indem ihnen die Vertretung einer Doppelwissenschaft überlassen bleibt, während jenen es vergönnt wird, sich auf eine Wissenschaft concentriren zu dürfen. Indessen ganz abgesehen von der Personenfrage und auch ganz abgesehen davon, dass die einem Einzelnen auferlegte Verpflichtung, zwei Wissenschaften zu lehren, dem Betreffenden eine ungemein anspannende und aufreibende Thätigkeit zumuthet, so hat ein solches Festhalten einer veralteten Einrichtung auch ein sehr ernstes pädagogisches Bedenken gegen sich, namentlich so lange es Regel bleibt, dass die neuphilologischen Studenten die Erreichung der vollen Facultas im Französischen und Englischen anstreben. Es werden nämlich dadurch alle diejenigen von ihnen, die aus irgend welchen äusseren Gründen ihre Studien ausschliesslich auf einer der genannten Hochschulen absolviren müssen, in die Lage versetzt, in ihren beiden Hauptwissenschaften den Unterricht nur eines Professors geniessen zu können, und dass dies zu einer schädlichen Einseitigkeit führen muss — auch wenn der Professor noch so ausgezeichnet und noch so vielseitig ist —, das bedarf nicht erst des Beweises. Aber hoffentlich wird eben dieser Zustand, wo er noch besteht, nicht lange mehr bestehen.

Ich benutze die Gelegenheit, um auf die Nothwendigkeit einer ähnlichen Reform hinzuweisen. Der Professor der romanischen Philologie hat, in der Theorie wenigstens, die Verpflichtung, über alle romanischen Sprachen und Litteraturen zu lesen, also nicht bloss über die französische, sondern auch über die provenzalische, italienische, spanische, portugiesische, um Sprachen, welche, wie etwa die rumänische, rhäto-romanische, catalanische, vorläufig noch etwas ausserhalb der Peripherie des wissenschaftlichen Studiums liegen, ganz unerwähnt zu lassen. Praktisch gestaltet sich die Sache nun meistens so, dass der Professor sich auf Französisch, Provenzalisch und Italienisch concentrirt, nur gelegentlich vielleicht auch einmal über spanische und portugiesische Dinge liest. Auf kleineren Hochschulen nun, auf denen das neuphilologische Zuhörerpublicum vorwiegend aus künftigen Gymnasial- und Realschullehrern sich zusammensetzt, hat dieser Zustand keine Bedenken gegen sich, denn da würden Vorlesungen über entlegenere romanische Wissensgebiete doch nur wenig besucht werden, vielleicht auch zu einer nachtheiligen Zersplitterung führen. Anders steht es damit auf grossen Universitäten, an denen neben solchen Studierenden, welche direkt auf ein Schulamt lossteuern, beziehentlich lossteuern müssen, auch eine ziemliche Zahl solcher zu finden ist, welche den Eintritt in die akademische Carrière anstreben oder die aus sonst welchem Grunde auf dem Gesammtgebiete der romanischen Philologie oder auf einem seiner weniger frequentirten Sondergebiete eine allseitige Anleitung zu erhalten wünschen. Auf diesen Universitäten scheint es mir nothwendig, dass auch etwa über spanische und portugiesische Sprache und Litteratur häufigere Vorlesungen gehalten werden und dass man insbesondere dem Italienischen eine eingehendere Berücksichtigung schenke, als in der Regel geschieht und aus leicht ersichtlichen Gründen geschehen kann. Das ist aber nur dann möglich, wenn ein zweiter Lehrstuhl für romanische Philologie dem schon bestehenden an die Seite gesetzt wird, denn ein einziger Mann kann eben schlechterdings nicht Alles leisten. Es wären verschiedene Weisen denkbar, wie die beiden Romanisten sich in ihr Gebiet zu theilen hätten. Das Sachgemässeste wäre wohl, wenn der eine von ihnen ausschliesslich die französische Philologie als die praktisch wichtigste und desshalb am eingehendsten zu behandelnde allein übernähme, während der andere die nichtfranzösischen Gebiete zu vertreten hätte. Oder man könnte auch ein romanisch-grammatisches und ein romanisch-litterargeschichtliches Gebiet abtheilen, vielleicht auch das Gebiet der älteren romanischen Sprachen und Litteraturen von demjenigen der neueren scheiden, doch würde der letztere Modus mir etwas bedenklich erscheinen. — Auf ganz grossen Universitäten dürfte es mit der Zeit auch wünschenswerth werden, einen eigenen Lehrstuhl für Shakespeare-Philologie zu begründen. Doch dies Alles sind Fragen der Zukunft.

Im Folgenden will ich nun von der romanisch-philologischen Gesammtwissenschaft abstrahiren und mich, wie schon früher, ausschliesslich mit der französischen, bezw. mit der englischen Sonderphilologie beschäftigen; ich greife dabei zunächst die bereits oben gestellte Frage wieder auf: wie soll man Französisch und Englisch studieren? oder mit anderen Worten: welches Ziel hat das französische, bezw. das englische Universitätsstudium anzustreben?

Die Beantwortung dieser Frage aber ist zum Theil abhängig davon, wie man über den Zweck und das Ziel des französischen, bezw. des englischen Unterrichtes an den Mittelschulen denkt. Denn die weitaus meisten der Studierenden der neueren Philologie wollen Lehrer an Mittelschulen werden, auf sie und ihre Bedürfnisse hat folglich der Universitätslehrer in erster Linie Rücksicht zu nehmen, er hat dafür Sorge zu tragen, dass sie auf der Universität die für ihr späteres Lehramt geeignetste Ausbildung erhalten, wobei sofort, obwol es selbstverständlich ist, hinzugefügt werden mag, dass die Ausbildung eines Studierenden, der auf ein Lehramt an einer wissenschaftlichen Schule (Gymnasium oder Realschule) aspirirt, vor allen Dingen eine wissenschaftliche zu sein hat. Wollte ein neusprachlicher Universitätsprofessor seinen Unterricht so anlegen, als wenn alle seine Zuhörer ohne Weiteres Privatdocenten werden könnten und niemals nöthig hätten, in die Tiefe einer Realschul- oder Gymnasialquinta oder -quarta hinabzusteigen, er würde sich eines schweren Fehlers schuldig machen. Allerdings soll der Universitätsunterricht nun und nimmermehr degradirt werden zu einer Dressur für ein Brotstudium, er soll stets einen idealen und gewissermassen abstrakten Charakter bewahren, aber er soll auch ebensowenig die realen Verhältnisse des praktischen Lebens, in denen die Studierenden nach Ablauf der wenigen akademischen Jahre sich zu bewegen und zu wirken haben, in eingebildeter Vornehmheit geflissentlich ignoriren, er soll vielmehr dieselben methodisch berücksichtigen und für seinen Theil dazu beizutragen suchen, dass der Schüler der Universität bei Zeiten lerne, eine Brücke zu schlagen von der Theorie zur Praxis, und sich dadurch bewahre vor schmerzlichen Enttäuschungen und argen Missgriffen.

Als Zweck und Ziel des neusprachlichen Unterrichtes an Gymnasien und besonders an Realschulen wird nun häufig, und zwar nicht bloss im sogenannten grossen Publicum, sondern auch von Fachmännern die Erreichung einer möglichst grossen Fertigkeit im schriftlichen und mündlichen Gebrauche der Sprache hingestellt. Diese Forderung scheint mir unbedingt richtig, soweit sie die Fertigkeit im schriftlichen Gebrauche betrifft, indessen nicht sowol wegen der praktischen Wichtigkeit und Nutzbarkeit, welche eine solche Fertigkeit besitzt, als desshalb weil die Schreib- und Stylübungen, durch welche sie erworben wird, ein ganz vorzügliches und durch Nichts ersetzbares Mittel bilden, um Formen und Satzfügungen einer fremden Sprache beherrschen zu lernen. Für bestreitbar dagegen erachte ich den zweiten, auf die Sprechfertigkeit sich beziehenden Theil der Forderung. Würde sie auch in diesem unbedingt berechtigt sein, so wäre es eine unabweisbare Pflicht des neusprachlichen Universitätslehrers, mit seinen Schülern fleissige Conversationsübungen anzustellen, worin ich übrigens nicht im Mindesten etwas des Universitätsunterrichtes Unwürdiges erblicken würde: unterweist doch auch der Professor der Medicin seine Schüler in der praktischen Ausübung der Chirurgie und Geburtshülfe, der Professor der Physik in den Handgriffen, welche zur Bedienung der physikalischen Instrumente erforderlich sind, der Professor der Chemie in den technischen Proceduren zur Herstellung und Lösung chemischer Verbindungen.

Aber, wie gesagt, die Sache selbst erscheint mir bestreitbar, wobei ich jedoch, um von vornherein jedem Missverständnisse vorzubeugen, ausdrücklich bemerken will, dass ich die Sprechfertigkeit an sich für sehr erstrebenswerth und sehr nutzbringend halte und dass ich durchaus der Meinung bin, der künftige neusprachliche Lehrer solle sie, wenn irgend möglich, sich erwerben.

Die Gründe, welche die Verfechter der praktischen Tendenz des neusprachlichen Unterrichtes für ihre Ansicht geltend machen, sind allerdings scheinbar gewichtig genug. Eine Sprache, sagt man, ist vor allen Dingen dazu da, um gesprochen zu werden; besonders aber gilt dies von den lebenden Sprachen, zumal von den Sprachen grosser Culturvölker, mit denen uns tausendfache politische, commercielle, litterarische und gesellige Beziehungen verknüpfen, deren Angehörige häufig unser Vaterland besuchen, ebenso wie wir das ihre, kurz, mit denen wir durch die ganze Praxis des Lebens in den engsten Connex gestellt sind. In vielfache peinlichste Verlegenheit kann, fügt man hinzu, gerathen, wer das Französische und Englische nicht zu sprechen vermag, und schimpfliche Blössen kann er sich geben; als besonders schimpflich aber wird sein praktisches Unvermögen dann erachtet werden müssen, wenn er theoretische und vielleicht sogar ausgezeichnete theoretische Kenntnisse der betreffenden Sprachen besitzt, wenn z. B. Jemand, der über die Subtilitäten der französischen Lautlehre oder über die verschiedenen Textredactionen des Rolandsliedes genauen Bescheid weiss, eine französische Speisekarte nicht genau versteht oder am Billetschalter oder in der Gepäckexpedition eines französischen Bahnhofes mühsam nach den erforderlichen Vocabeln suchen muss und vielleicht sie doch nicht findet; oder wenn Jemand, der die Geschichte der englischen Conjugation oder die Chronologie der Shakespearedramen meisterhaft kennt, Sprachschnitzer macht, sobald er bei einem englischen Schneider sich einen Rock bestellt oder bei einem englischen Bankier Geld wechselt.

Dies Alles scheint mir mindestens sehr übertrieben zu sein.

Dass es sehr angenehm ist, einem uns zufällig anredenden Franzosen oder Engländer in seiner Sprache antworten zu können, dass es nicht bloss sehr angenehm, sondern in jeder Beziehung höchst vortheilhaft ist, bei einem Aufenthalte in Frankreich oder England der Landessprache vollauf mächtig zu sein, dass überhaupt die Sprechfertigkeit den grössten praktischen Nutzen gewährt — wer möchte das leugnen? Aber dass die Sprechfertigkeit für die Angehörigen der gelehrten Stände und Berufe — und nur von diesen kann hier die Rede sein, denn nur für diese bereiten die Gymnasien und auch die Realschulen, soweit sie ihre Schüler zur Universität entlassen, vor — eine absolute Nothwendigkeit sei, der um jeden Preis genügt werden müsse, das möchte ich doch entschieden in Abrede stellen. Ich glaube nicht zu irren, wenn ich annehme, dass verhältnissmässig nur wenige der deutschen Theologen, Juristen, Mediciner, Gymnasial- und Realschullehrer und sonstige Vertreter gelehrter Professionen — abgesehen natürlich von den wenigen, welche sich Berufen widmen, die, wie etwa der diplomatische Dienst oder das höhere Postwesen, direkte Beziehungen zu dem Auslande haben — in Lagen versetzt werden, in denen sie ernstlich der Sprechfertigkeit im Französischen oder Englischen bedürfen. Es sind ja solche Lagen sehr wohl denkbar, und sie kommen auch wirklich vor, es kann dann auch geschehen, dass der Eine oder Andere, der eben die Sprechfertigkeit nicht besitzt, bitter darunter leidet. Aber im Grossen und Ganzen sind doch solche Fälle ganz sicherlich bei weitem nicht so häufig, dass in Anbetracht ihrer der neusprachliche Unterricht nach praktischer Tendenz zugeschnitten werden müsste. Man erwäge doch auch, dass Jemand, der Französisch und Englisch fertig spricht, dadurch noch keineswegs gegen sprachliche Verlegenheiten geschützt ist: er kann ja in Lagen gerathen, in denen ihm die Kenntniss des Italienischen, Spanischen, Russischen, Polnischen oder irgend welcher Sprache sonst höchst wünschenswerth und vortheilhaft ist — wer aber möchte um desswillen einen polyglotten Schulunterricht befürworten? Will man durchaus praktische Rücksichten auch für gelehrte Schulen maassgebend sein lassen, so wäre man wohl zu der Frage berechtigt, ob unsern Gymnasiasten und Realschülern statt der englischen und französischen Sprechfertigkeit nicht eher eine Fertigkeit im Tanzen, Reiten, Buchbinden und ähnlichen Künsten beizubringen sei, da sie doch sicher für die praktische Verwerthung der letzteren weit eher und öfter Gelegenheit finden würden, als für das Parliren.

Dass gegenwärtig die Sprechfertigkeit auf den Gymnasien und auch wohl auf den Realschulen nicht oder doch nicht in irgend nennenswerthem Maasse erreicht wird, ist eine Thatsache, von welcher höchstens einige wenige hocharistokratische Lehranstalten eine Ausnahme bilden, deren Schüler durch die häusliche Erziehung, durch Gouvernanten und Hofmeister, in den neueren Sprachen besonders gefördert werden. Sollte also Ernst gemacht werden mit der Erreichung der Sprechfertigkeit, so müsste entweder — namentlich auf den Gymnasien — der neusprachliche Unterricht eine beträchtlich grössere Stundenzahl zugewiesen erhalten oder aber die Methode, nach welcher er ertheilt wird, müsste eine ganz andere werden. Das Eine wie das Andere würde eine wesentliche Aenderung im Organismus unserer höheren Schulen bedingen. Ist die Sache wohl der Mühe und der zu bringenden Opfer werth?

Aber angenommen, sie sei es, so zweifle ich doch, ob das angestrebte Ziel erreicht werden, sondern glaube, dass man an äusseren Verhältnissen unüberwindliche Hindernisse finden würde. Eine Hauptsache bei jedem praktische Tendenzen verfolgenden Sprachunterrichte ist selbstverständlich eine, ich will gar nicht sagen: elegante, aber durchaus correkte Aussprache. Wo nun für die grosse Zahl der deutschen Gymnasien und Realschulen die vielen neusprachlichen Lehrer auftreiben, die wirklich das Englische und Französische correkt aussprechen? Dass von den jetzt wirksamen Lehrern die meisten, und darunter gewiss viele der im Uebrigen tüchtigsten, entlassen werden müssten, das darf man wohl kühn behaupten, ohne diesen Männern auch nur im Mindesten zu nahe treten zu wollen. Die Aussprache einer Sprache ist eben ein eigen Ding, welches von einem Ausländer nur unter ganz besonders günstigen Verhältnissen erworben werden kann: es werden von einem solchen dazu ein biegsames, in keiner Weise dialektisch prädisponirtes Organ, eine zeitige Gewöhnung, grosse Uebung und gewissenhafteste Selbstbeobachtung erfordert. Wie selten werden diese verschiedenen Faktoren sich vereinigt finden! wie klein also muss die Zahl derjenigen sein, die zu Lehrern der Aussprache sich in vollem Sinne eignen! Es ist nicht zu viel gesagt oder doch nur sehr wenig übertrieben, wenn man den Satz aufstellt, dass in ganzen grossen Provinzen, deren Dialekt mit scharf hervortretenden und kaum zu überwindenden Lauteigenthümlichkeiten behaftet ist, nur ausnahmsweise eine Persönlichkeit existirt, welche physisch vermögend ist, sich eine correkte französische, bzw. englische Aussprache anzueignen.

Indessen es werde einmal das Unmögliche als möglich gedacht, es werde einmal angenommen, dass an allen höheren Schulen neusprachliche Lehrer mit tadellos correkter Aussprache wirken. Wird es diesen gelingen, das, was sie phonetisch vermögen, auch auf ihre Schüler zu übertragen? Vielleicht dann, wenn in den Classen, in denen die methodische Einübung der Aussprache erfolgen muss, die Schülerzahl eine geringere und, um mich so auszudrücken, das Schülermaterial ein gutes ist. Sitzen aber dreissig, vierzig und mehr Schüler in einer Classe und sind es zu einem grossen Theile Knaben, welche zu Hause in arger sprachlicher, namentlich aussprachlicher Verwahrlosung aufwachsen, so dürfte wohl selbst ein mit überirdischem Leistungsvermögen ausgestatteter Lehrer bei der Mehrzahl sich in wesentlichen Punkten erfolglos bemühen oder doch nur theilweisen Erfolg erzielen. Ist es doch beim Ausspracheunterricht gar häufig nöthig, dass um eines einzelnen Lautes willen der Lehrer sich halbe, ja ganze Stunden lang mit einem einzigen Schüler beschäftige, um diesem eine dialektische oder individuelle Aussprachunart abzugewöhnen oder an eine fremdsprachliche Mundstellung ihn zu gewöhnen —, das mag in schwachbesetzten Classen sich allenfalls ermöglichen lassen, in starkbesetzten aber, die ja leider die Regel bilden, wird es schlechterdings unmöglich sein. Also muss man in die Thatsache sich finden, dass ein grosser Theil der Schüler, wenn er Sprechfertigkeit sich erwerben sollte, die fremden Sprachen mehr oder weniger mangelhaft aussprechen wird. Ist eine solche Sprechfertigkeit ein sonderlich wünschenswerther und nicht theilweise illusorischer Besitz?

Und endlich, würde sich denn in der That auch bei einer noch so grossen Stundenzahl, die aber schliesslich doch eine relativ beschränkte sein müsste, und bei einer noch so sehr auf das Praktische sich zuspitzenden Methode die wirkliche, volle Sprechfertigkeit erreichen lassen? Ich glaube nicht, indem ich an die Resultate denke, welche in höheren Mädchenpensionnaten und ähnlichen Instituten wo ja (leider!!) fast der gesammte Unterricht und ausserdem noch ein Theil der sogenannten Erholungszeit auf die Erlangung der Conversationsfähigkeit concentrirt werden, sich schliesslich ergeben. Die Schülerinnen erwerben dort durchschnittlich allerdings eine leidliche Aussprache und die Befähigung, über Dinge des Alltagslebens und der gesellschaftlichen Amusements sich fliessend zu unterhalten, keineswegs aber eine volle Gewalt über die Sprache und ihren Wortschatz, und ausserdem macht man häufig die Beobachtung, dass Schülerinnen, die recht flott parliren, beim Lesen auffallend viel das Dictionnaire zu wälzen haben und beim Schreiben nicht bloss mit der Grammatik, sondern auch mit der Orthographie in häufigen Conflict gerathen —, ein Beweis, wie äusserlich ihr sprachliches Wissen oder vielmehr Können ist. Sicher steht ein solches Ergebniss eines mehrjährigen intensiven Sprach-, bzw. Sprechunterrichtes in keinem Verhältnisse zu der massenhaft verwandten Zeit und Mühe. Etwas Anderes würde auch auf Gymnasien und Realschulen bei einem intensiven Conversationsunterrichte kaum herauskommen, vielleicht noch weniger, da wohl Mädchen für die praktische Handhabung einer Sprache, besonders auch für die Aussprache, beanlagter sind, als Knaben.

Wir wollen indessen die Frage noch von einem andern Standpunkte aus betrachten.

Die Behauptung, dass eine Sprache, bezugsweise überhaupt die Sprache vor allen Dingen die Bestimmung habe, gesprochen zu werden, enthält nur eine formale, nicht aber eine materiale Wahrheit. Denn das Sprechen wird, unter vernünftigen Menschen wenigstens, niemals um seiner selbst willen ausgeübt. Man spricht nicht, um zu sprechen, etwa um sich an dem Klange artikulirter Laute zu erfreuen — wie Aehnliches etwa in der Musik geschieht —, sondern man spricht, um Anderen irgendwelchen Gedanken oder Gedankencomplex mitzutheilen. Aufgabe der Sprache ist, das Vehikel des menschlichen Begriff- und Gedankenmittheilens zu sein. Ein Lautcomplex wird erst dann zu einem Redetheile, wenn ihm von dem, der ihn bildet, ein begrifflicher Inhalt gegeben wird — so ist z. B. die Lautcombination *vrai* im Munde eines des Französischen Unkundigen eben nur eine Lautcombination, für den des Französischen Kundigen aber wird sie zu einem Worte, weil dieser mit dem Lautcomplexe den Begriffinhalt „*wahr*" verbindet —, und umgekehrt: jedes Wort hört auf Wort zu sein und sinkt zu einem blossen Lautcomplex herab, wenn es von einem der betreffenden Sprache Unkundigen unverstanden ausgesprochen wird. Nicht minder werden Wortverbindungen, selbst wenn sie syntaktisch geordnet sind, zu blossen Conglomeraten oder Conglutinaten von Lautcomplexen, wenn sie nicht Trägerinnen logischer Begriffsreihen sind. Ohne Gedankeninhalt ist alles Gesprochene eben nur ein artikulirtes Geräusch, ähnlich dem Gesange der Vögel, aber keine Rede.

Die Gedankenmittheilung mittelst der Sprache kann nun bei Culturvölkern auf doppelte Weise erfolgen, nämlich, um mich kurz so auszudrücken, auf dem Lautwege oder auf dem Schriftwege, Bezeichnungen, welche ich wohl nicht nöthig habe zu erklären. Auf den ersten Blick scheint der Lautweg der Gedankenmittheilung der weit häufiger angewandte zu sein und folglich eine weit grössere Bedeutung zu besitzen, als der Schriftweg. Es bedarf aber selbst auch nur eines flüchtigen Nachdenkens, um zu erkennen, dass — innerhalb der litterarisch gebildeten, zumal der gelehrten Stände — in Wahrheit das Verhältniss gerade das umgekehrte ist. Des Lautweges bedienen wir uns nur im Verkehre mit den in unserer Hörweite befindlichen Personen; mittelst des Schriftweges aber sprechen wir nicht nur mit den durch den Raum, sondern auch durch die Zeit von uns Getrennten, d. h. sowohl mit den vor uns Gewesenen als auch mit den nach uns Lebenden, oder richtiger ausgedrückt: es sprechen auf dem Schriftwege die Menschen der Vergangenheit zu uns und wir sprechen zu den Menschen der Zukunft. Während also der Lautweg lediglich dem Gedankenaustausche zwischen räumlich einander nahen Individuen der Gegenwart dient, vermittelt der Schriftweg die Gedankenmittheilung zwischen den seit uralter Vorzeit bis in die unabsehbare Zukunft einander sich ablösenden Generationen, er vermittelt aber auch ganz vorwiegend, namentlich in der Erscheinungsform des gedruckten Buches und des Zeitungsblattes, die Gedankenmittheilung gerade über die höchsten Interessen und über die wichtigsten Ereignisse der Gegenwart. Kurz, der Schriftweg allein ist es, durch welchen die Gedankenmittheilung in weite räumliche und zeitliche Fernen erfolgen kann, durch ihn allein auch ist es möglich, jeglichem Gedanken eine körperhafte, dem Auge wahrnehmbare Form zu geben und ihn dadurch vor der raschen Vergänglichkeit des mit den Schallwellen dahinfliessenden Wortes zu bewahren. Man könnte sagen, der Schriftweg sei die breite Culturstrasse der Sprache, während der Lautweg sich mit einem Fusspfade vergleichen liesse, der zu des Nachbars Hause führt, der zwar viel betreten wird, aber nicht benutzbar ist, wenn man einmal weiter ausschreiten will.

Man wird leicht erkennen, welches Ziel ich mit dieser Erörterung erreichen wollte. Ich wollte darauf hinweisen, dass für den litterarisch Gebildeten und zumal für den Gelehrten der Schriftweg oder, wie ich nun sagen kann, das Schriftenthum, die Litteratur, einer Sprache ungleich bedeutungsvoller ist, als die Kenntniss ihres Lautweges, d. h. das Vermögen, in ihr redend sich verständlich zu machen. Das in der Vorzeit von irgend einem Volke producirte Gedankenmaterial, nur durch den Schriftweg, d. i. durch das Studium der Litteratur, vermögen wir es kennen zu lernen und es uns geistig anzueignen, und auch für die Erkenntniss des in der Gegenwart producirt werdenden Gedankenmateriales wird in den weitaus meisten Fällen der gleiche Weg der einzig mögliche sein.

Nun, meine ich, ist es eine (wennschon nicht die einzige) wichtige Aufgabe unserer der wissenschaftlichen Bildung dienenden Schulen, ihre Schüler, soweit angänglich, bekannt zu machen mit dem besten des von den grössten Culturvölkern der Vorzeit und Gegenwart producirten Gedankenmateriales oder sie doch mit den Mitteln auszurüsten, vermöge deren sie nach vollendeter Schulzeit selbständig diese Kenntniss erwerben, beziehentlich erweitern können. Denn nur wenn die gelehrte Schule dieser Aufgabe, soweit wenigstens die äusseren Verhältnisse es gestatten, Genüge leistet, werden ihre Schüler befähigt werden, die Cultur der Vergangenheit wie die der Gegenwart zu verstehen und dann mit Verständniss und Zielbewusstsein

3*

mitzuarbeiten an dem Weiterbau der Cultur, zu welchem jedes lebende Geschlecht dem nachlebenden gegenüber verpflichtet ist. Es kann aber die gestellte Aufgabe nur erfüllt werden, wenn die Schüler vertraut gemacht werden mit den Schriftwegen der hervorragendsten Cultursprachen, d. h. mit den Sprachformen, in denen die litterarischen Werke fixirt sind, und bis zu einem gewissen Umfange mit diesen Werken selbst.

Ich halte es also für die Aufgabe des sprachlichen Gelehrtenschulunterrichtes, den Schülern vor Allem die Kenntniss der Schriftsprachen zu übermitteln, ihnen die Fähigkeit zu verleihen, fremdsprachliche Litteraturwerke mit Verständniss zu lesen. In Bezug auf Lateinisch und Griechisch wird das ja auch allgemein anerkannt, und für sinnlos würde man den Gymnasiallehrer halten, der es sich einfallen liesse, seine Schüler vor allen Dingen in lateinischer und griechischer Conversation zu üben. Man sollte das aber auch für Französisch und Englisch ebenso anerkennen und sich in seinem Urtheile nicht durch den Umstand beeinflussen lassen, dass diese Sprachen noch leben. Denn der wissenschaftlich Gebildete und zumal der Gelehrte kommt nur in Ausnahmefällen, für welche seine Bildung nicht zugeschnitten werden kann, in die Lage, mit Englisch und Französisch als mit lebenden Sprachen etwas zu schaffen zu haben; in der Regel hat er es nur mit englischen und französischen Büchern zu thun, und in diesen tritt ihm nicht die lebendig flüssige Laut- und Umgangssprache, sondern die in feste Formen gebannte Schriftsprache entgegen. Die letztere ist also für ihn, den Bewohner der Studierstube, die praktisch wichtigere: mehr muss ihm daran gelegen sein, ein französisches, bzw. englisches wissenschaftliches oder poetisches Werk geläufig und ohne vieles Wörterbuchwälzen lesen zu können, als etwa zu wissen, wie man in elegantem Französisch, bzw. Englisch eine Dame um einen Contretanz bittet oder welche französische, bzw. englische Phrasen man zu brauchen hat, wenn man in Paris, bzw. London ein meublirtes Zimmer ermiethet. Und dass es so gar schimpflich wäre, wenn ein wissenschaftlich Gebildeter oder gar ein Gelehrter in solchen Dingen wenig Bescheid weiss und sich gelegentlich, vielleicht auf einer Reise, einmal eine kleine Blösse giebt, kann ich nicht einsehen. Man darf eben von einem Menschen nicht Alles verlangen: von dem Kaufmanne, den seine Geschäfte nach Frankreich oder England führen, fordere man mit Recht, dass er der Sprachen dieser Länder praktisch mächtig sei, während man es ihm gern verzeihen mag, wenn er eine schwierigere französische, bzw. englische Dichtung nur mühsam zu entziffern vermag; von dem Angehörigen einer gelehrten Profession (mit Ausnahme natürlich des Neuphilologen) aber, der meist ruhig daheim bleibt und höchstens zuweilen auf einer Ferienreise die Grenzen des Vaterlandes überschreitet, verlange man, dass er die in sein Fach einschlagenden wissenschaftlichen französischen, bzw. englischen Werke mühelos lese und dass er mit der Litteratur Frankreichs, bzw. Englands wohl vertraut sei, dispensire ihn jedoch von für ihn wenig zweckvollen Phraseologie- und Conversationsstudien.

Man verstehe mich ja nicht falsch! Ich unterschätze den Werth der Conversationsfähigkeit keineswegs, weiss ihren Nutzen wol zu würdigen und weiss auch, dass sie zu einer tieferen und allseitigeren Erkenntniss der Sprache wesentlich beizutragen vermag. Könnte es praktisch geschehen, und würden dadurch nicht wichtigere Interessen geschädigt, so würde ich lebhaft befürworten, dass jeder Gymnasiast und Realschüler möglichst fertig französisch und englisch sprechen lerne. Ich will auch keineswegs neusprachliche Conversationsübungen aus den gelehrten Schulen gänzlich verbannt wissen, sondern empfehle vielmehr, sie da und dann zu betreiben, wo und wann es in erspriesslicher Weise geschehen kann und nicht zu ergebnissloser Zeitvergeudung führt. Mein Rath geht dahin: vor allen Dingen lehre man gründlich die Schriftsprache, die Sprache der Litteratur, der Poesie, und dann erst, wenn es sich thun lässt, möglichst viel von der Umgangssprache! Das, meine ich, sollte das leitende Princip des neusprachlichen Unterrichtes für die gelehrten Schulen sein; für Handelsschulen dagegen und ähnliche Anstalten, die für das geschäftliche Leben vorbereiten, ist das gegentheilige Princip das richtige.

Ich habe in dem Vorhergehenden Etwas als selbstverständlich vorausgesetzt, was aber schliesslich doch auch ausgesprochen werden mag. Es ist ein Irrthum, zu glauben, dass, wer die Umgangssprache beherrsche, damit zugleich der Litteratursprache mächtig sei und umgekehrt. Beide Sprachformen sind in allen Cultursprachen durch eine beträchtliche Kluft von einander geschieden und erfordern eine jede ein besonderes Studium. Ja, die Litteratursprache besitzt wieder zwei in Wortschatz und theilweise auch in syntaktischen Fügungen und Flexionen sich unterscheidende Formen, die prosaische und die poetische.

Und noch eine zweite Bemerkung sei mir nachträglich anzufügen verstattet. Es scheint mir, als werde in Deutschland überhaupt der Conversationsfertigkeit in fremden Sprachen ein allzu hoher Werth beigemessen, sehr zum Nachtheile einer gründlichen sprachlichen und litterarischen Bildung und namentlich sehr zum Schaden der Pflege unserer eigenen Sprache und Litteratur. In den Augen vieler Deutschen besteht die „höhere" Bildung vor Allem in der Fähigkeit, einige französische oder englische Phrasen zusammenbauen zu können, um damit gelegentlich einem Engländer oder Franzosen, dem man ja einmal auf der Strasse oder im Eisenbahnwagen oder sonstwo treffen könnte, zu imponiren. Zum Imponiren kommt es freilich meistentheils nicht. Denn entweder geht kein Franzose oder Engländer in eine der aufgestellten Fallen, oder wenn doch einer es thut, verliert im entscheidenden Augenblicke der ehrliche Deutsche (und öfter noch die Deutsche) die Geistesgegenwart, fängt an zu stottern und zu stammeln, wird roth und verlegen, macht Schnitzer auf Schnitzer, und ist endlich seelensfroh, wenn sich herausstellt, dass der Ausländer etwas Deutsch versteht; dieser letztere aber freut sich nicht minder, von der Qual erlöst zu sein, seine Muttersprache misshandeln zu hören. Die fremdsprachliche Conversationskrankheit grassirt, neben dem Clavierfieber, namentlich an unseren Töchterschulen und richtet dort unsägliches Unheil an. Offenbar ist diese Conversationssucht ein Ueberrest aus jener traurigen Zeit gesunkenen Deutschthums, in welcher die Gebildeten unseres Volkes allerdings zum Gebrauche fremder Sprachen gedrängt wurden, weil die vaterländische struppig verwildert war. Erklärlich ist also die Erscheinung, aber traurig bleibt sie um desswillen nicht minder, und ihre endliche Beseitigung sollte mit aller Kraft angestrebt werden.

Kehren wir nach dieser Abschweifung zur Sache zurück. Der neusprachliche Unterricht auf den Gelehrtenschulen soll also, wie wir sahen, vor Allem die Kenntniss der Litteratursprache überliefern und in das Studium der Litteratur selbst einführen; kann daneben auch die Umgangssprache wenigstens etwas eingeübt, einige Conversationsfertigkeit erreicht werden, so ist das anzustreben und nicht etwa als der Gelehrtenschule unwürdig zu verachten. Noch ist eine andere Forderung zu stellen. Der neusprachliche Unterricht soll nach einer rationellen, verstandbildenden Methode ertheilt werden. Die Schüler sollen namentlich die Flexionsformen nicht mechanisch mit dem Gedächtnisse allein erfassen, sondern es sollen ihnen, soweit es pädagogisch nur irgend möglich, die Gesetze, nach denen die Bildung der Formen erfolgt, zum Bewusstsein gebracht werden, sie sollen eine Anschauung erhalten von der Tragweite, mit welcher die Lautgesetze innerhalb der Sprache wirken, eine Anschauung auch von der die Entwickelung der neueren Sprachen beherrschenden Tendenz, von der Synthesis der Formen überzugehen zur Analysis — kurz, die dem Unterrichte zu Grunde zu legende Grammatik soll in elementarer Weise eine historische und wissenschaftliche sein, keine solche, in welcher der Sprachstoff zu einem breiartigen Ragoût zerhackt und vorgekaut ist. Im Einzelnen wird es allerdings noch vielfacher Erörterung und manches Versuches bedürfen, wie weit man in dieser Richtung gehen darf, ohne berechtigte pädagogische Interessen zu schädigen und ohne vor Allem das Hauptziel, den Schülern eine wirkliche Kenntniss der Sprache zu überliefern, aus dem Auge zu verlieren. Es ist auch bereitwillig zuzugeben, dass manche arge Missgriffe gemacht und manche Grammatiken geschrieben und gebraucht worden sind, die von lauter Wissenschaftlichkeit triefen, aber pädagogisch durch und durch unbrauchbar sind. Jedoch um desswillen das Kind mit dem Bade ausschütten, an der Möglichkeit eines wissenschaftlichen neusprachlichen Unterrichtes verzweifeln und wieder zum allbeliebten Plötz oder ähnlichen schablonenhaften Lehrbüchern greifen zu wollen —, das wäre doch grundverkehrt und hiesse an dem heiligen Geiste der Wissenschaft freveln. Gebrochen muss mit dem alten Schlendrian werden, wenn nicht der neusprachliche Unterricht an den Gelehrtenschulen zu einer Anomalie werden soll unter den übrigen Unterrichtsgegenständen. Der richtige Weg wird da, wo er nicht bereits gefunden, mit der Zeit schon gefunden werden. Man mag mit Recht sagen, dass gegenwärtig noch keine allen berechtigten Anforderungen genügende französische und noch weniger eine solche englische Grammatik existirt, aber dieser Mangel wird um so eher beseitigt werden, je allgemeiner die wissenschaftliche Betreibung des neusprachlichen Unterrichtes sich verbreitet und je reichere Erfahrungen folglich gesammelt werden. Man erinnere sich, dass es auch einmal eine Zeit gab — und vielleicht ist sie jetzt noch nicht ganz vorüber —, in welcher man die Thunlichkeit und Möglichkeit bezweifelte, die wesentlichsten Ergebnisse der vergleichenden Sprachforschung für den altsprachlichen, besonders den griechischen Unterricht zu verwerthen, und wie doch durch unablässiges Versuchen und Bemühen Wege hierzu sich haben auffinden lassen, wie entgegenstehende Bedenken gehoben worden sind, wie man auch allzu weit gehende Bestrebungen allmählich auf das richtige Maass zurückgeführt hat. —

Soll nun an den Gelehrtenschulen der neusprachliche Unterricht in wissenschaftlicher Weise ertheilt werden, so ist es selbstverständlich, dass eine gründliche wissenschaftliche, echt philologische Durchbildung der Lehrer die unerlässliche Verbindung dazu ist. Eine solche zu geben, muss folglich die wichtigste Aufgabe des neusprachlichen Universitätsunterrichtes sein. Der auf der Universität studierende Neuphilologe soll ein wirklicher und ganzer Philologe sein, er muss mit derselben Methode und Akribie arbeiten lernen, wie sein der classischen Philologie beflissener Commilitone, er darf ja nicht etwa sich dem Wahne hingeben, es genüge für ihn ein Naschen an der historischen Grammatik und eine belletristische Beschäftigung mit der Litteratur. Wer da glaubt, dass das minutiöse Studium von Sprachformen, das Collationiren und Emendiren von Texten langweilige und pedantische Dinge seien, wer nicht fähig ist, sich unverdrossen der Erforschung anscheinender Kleinigkeiten hinzugeben und die Bedeutung solcher Arbeit für die Wissenschaft zu erkennen, wer sofort auf den Höhen des Wissens umherwandeln will, ohne die beschwerlichen Stufen, die zu ihnen führen, emporgeklommen zu sein, wer immer nur geniessen will, ohne sich abgemüht zu haben im Schweisse seines Angesichtes —, der möge werden, was er sonst will, aber er bleibe fern von der Philologie, denn jeglicher innere Beruf fehlt ihm dazu. —

Ausser seiner wissenschaftlichen Durchbildung hat aber der Student der Neuphilologie auch eine praktische Ausbildung anzustreben.

Ich habe im Vorhergehenden darzulegen versucht, dass die Erreichung der Sprechfertigkeit, wenn überhaupt, so doch nur ein secundäres Ziel des neusprachlichen Unterrichtes an Gelehrtenschulen sein solle und könne. Ich widerspreche mir aber keineswegs, wenn ich von dem neusprachlichen Lehrer mindestens ein gewisses, nicht allzu niedrig bemessenes Maass von Conversationsfähigkeit fordere. Denn selbstverständlich ist es ja, dass der Lehrer mehr verstehen soll und muss, als er unmittelbar für den Unterricht verwerthen kann, dass er im Besitze von Kenntnissen sein muss, welche über das Niveau des Schulwissens hinausgehen. Was würde man z. B. von einem Lehrer der Mathematik halten, der gerade soviel selbst weiss, als er für den Unterricht nöthig hat?

Die Erlangung einiger Conversationsfähigkeit ist für den Studierenden der Neuphilologie schon um desswillen anzustreben, als er dadurch vor der Einseitigkeit behütet wird, lebende Sprachen als todte und mithin von einem falschen Gesichtspunkte aus aufzufassen. Es erkennt eine lebende Sprache eben nur der voll und ganz, der auch mit der lebendigen Umgangssprache vertraut ist, und wer es nicht ist, dem fehlt eben eine wichtige Seite der Erkenntniss. Sodann aber würde die Verwendbarkeit eines nur mit der Schriftsprache vertrauten neuphilologischen Lehrers eine sehr eingeengte sein, denn natürlich wäre er für alle diejenigen Unterrichtsanstalten unbrauchbar, an denen, wie z. B. an Handelsschulen, die Umgangssprache mit Fug und Recht bevorzugter Lehrgegenstand ist; auch als Hauslehrer dürfte, besonders in vornehmen Familien, ein conversationsunfähiger Neusprachler nicht leicht Unterkommen finden. Endlich ist von allen Angehörigen der gelehrten Stände der Neuphilologe gewiss derjenige, von welchem man am berechtigtesten ist, Sprechfertigkeit zu erwarten; er hat ja die neueren Sprachen zum Gegenstand seines Specialstudiums gemacht; er hat mannigfachen Anlass, Reisen in das Ausland zu unternehmen; an ihn wird man sich, namentlich in kleineren Städten, vorzugsweise wenden, wenn man eines Dolmetschers bedarf, und was sonst für praktische Anforderungen an ihn herantreten können. Freilich kann nun der neusprachliche Lehrer solche Anforderungen, da deren Erfüllung nicht zu seinen amtlichen Pflichten gehört, von sich abweisen, aber wenn er das thut, giebt er sich damit unläugbar eine Blösse, zeigt eine in der That beschämende Lücke in seinen Kenntnissen und schädigt seine Autorität mindestens in den Augen des Publicums, unter Umständen aber auch in denen seiner Schüler. Dem akademischen Professor der neueren Philologie, der durch seinen Beruf doch vorwiegend an die Theorie des Wissens, an die abstrakte Wissenschaft gewiesen ist, mag man es verzeihen, wenn sein praktisches Können ein etwas mangelhaftes ist — wünschenswerth ist eine solche Lage natürlich auch für ihn nicht —, aber dem Lehrer der neueren Sprachen an einem Gymnasium oder gar an einer Realschule, der mit der Praxis des Lebens in viel näheren Beziehungen steht, darf man es kaum verzeihen, namentlich dann nicht, wenn er nicht zu seiner Rechtfertigung darauf hinzuweisen vermag, dass seine

Mussestunden durch wissenschaftliche Studien in Anspruch genommen werden.

Die höchsten Forderungen wird man freilich an die Sprechfertigkeit des neusprachlichen Lehrers nicht stellen dürfen. Man unterschätzt im grossen Publicum sehr häufig ganz bedeutend die Schwierigkeit der praktischen Beherrschung einer lebenden Sprache. Verführt wird man dazu durch die Beobachtung, dass in rein praktischen Thätigkeiten stehende Personen, wie etwa Geschäftsreisende oder Hôtelkellner, so oft mit grosser Gewandtheit parliren. Man übersieht aber dabei, dass das Parliren bei solchen Personen sich meist auf einen Kreis von Begriffen beschränkt, dass z. B. derselbe Kellner, der die Annehmlichkeiten seines Hôtels in geläufigem und vielleicht auch correktem Englisch oder Französisch anzupreisen versteht, arg in Verlegenheit gerathen würde, wenn man von ihm verlangte, dass er über einen Gegenstand sprechen sollte, welcher, ohne ihm sachlich fremd oder unfassbar zu sein, doch nicht in die Sphäre seiner beruflichen Thätigkeit fällt. Auch erwägt man nicht genug, dass viele von diesen Leuten ihre Sprechfertigkeit sich nur dadurch erworben haben, dass sie sich lange Jahre in dienenden Stellungen im Auslande bewegten und, mitten in das fremdsprachliche Leben hineingestellt, fast unwillkürlich und unbewusst die fremde Sprache sich zu eigen machten: es ist dies eine Praxis, welche ein Angehöriger der gelehrten Stände aus mehrfachen Gründen nicht leicht durchmachen kann.

In Wirklichkeit ist die vollständige Aneignung einer fremden Sprache eine sehr schwierige Aufgabe, denn sie erfordert ein Sichhineinversetzen in eine fremde Denkweise, da jede Sprache ihre eigene Logik und, um mich so auszudrücken, ihre eigene Begriffssymbolik besitzt. Es giebt ohne Zweifel Leute, welche diese Aufgabe nie zu lösen vermögen, und es sind dies keineswegs immer geistig stumpfe, sondern oft geistig tief angelegte Personen, da diese, vorwiegend mit dem Inhalte des Gedachten sich beschäftigend, gleichsam keine Zeit finden, auf die den Sprachausdruck bedingende Denkform zu achten und, statt die ihnen von Kindheit auf geläufige zu brauchen, an eine fremde sich zu gewöhnen; oberflächliche Menschen dagegen, deren Gedanken nie tief und inhaltreich sind, lernen häufig fremde Sprachen überraschend leicht sprechen: ihr Geist, von keinem grossen Gedankeninhalte beschwert, hat eben, um so zu sagen, Zeit und Raum in Fülle, um seine unbewusste Thätigkeit auf die Denkform zu concentriren. Nur so erklärt es sich ja auch, dass Kinder Sprachen, vor Allem die eigene Muttersprache, fast spielend und ohne sichtliche Mühe sich aneignen.

Meines Erachtens giebt es überhaupt nur zwei Wege, eine fremde Sprache wirklich im vollen Umfange sprechen zu lernen: entweder frühzeitige, d. h. im Kindesalter erfolgte, Gewöhnung und Uebung oder ein längerer, methodisch ausgenutzter Aufenthalt im Auslande. Die erstere sich zu Theil werden zu lassen, liegt natürlich nicht in der

Macht des Einzelnen und ist vielmehr von vielfachen Zufälligkeiten abhängig; ja, es mag oft geschehen, dass ein Knabe, der später dem neuphilologischen Studium sich widmet, aber als Knabe eben mit ganz anderen oder auch gar keinen Zukunftsplänen sich trägt, manche sich ihm bietende Gelegenheit, an Klang und Gebrauch einer fremden Sprache sich zu gewöhnen, unbenutzt lässt. Aber auch der längere und methodisch auszunutzende Aufenthalt im Auslande ist, weil er mit erheblichen Geldkosten verbunden ist — denn soll er nützen, so darf er nur Studienzwecken gewidmet sein —, nur wenigen, mit einigem Vermögen ausgerüsteten Studierenden möglich. Vielfach geschieht es allerdings, dass Studierende etwa im vierten oder fünften Semester als Haus-, bzw. Institutslehrer auf ein Jahr oder länger in das Ausland gehen. Das aber ist eine Maassregel, die weit eher nachtheilig, als nützlich wirkt. Ich wenigstens habe, obwol mir gerade hierfür eine reiche Erfahrung zu Gebote steht — denn die erwähnte Praxis ist unter den Studierenden der münsterschen Hochschule sehr üblich —, nur in ganz wenigen Fällen beobachten können, dass ein derartiger Aufenthalt wirklich den erhofften Nutzen gebracht hätte, wohl aber habe ich leider oft erfahren müssen, dass die aus dem Auslande heimkehrenden Studierenden aus den wissenschaftlichen Studien arg herausgerissen waren und dann entweder noch einmal so ziemlich von vorn beginnen mussten oder aber eben im Examen nicht die volle Lehrbefähigung erlangen konnten, die sie angestrebt hatten und deren Erreichung ihnen sonst recht gut möglich gewesen wäre. Ein wissenschaftliches Studium verträgt eben eine totale Unterbrechung nicht. Ich rathe desshalb auch — und die meisten meiner Collegen werden wohl ebenso verfahren — consequent meinen Zuhörern ab, vor dem Examen in das Ausland zu gehen, falls sie es nicht auf eigene Kosten und in voller Unabhängigkeit thun können. Es bestimmt mich dazu nebenbei auch die vielbekannte, aber auch viel nicht beachtete Thatsache, dass die Stellung eines Haus- oder Institutslehrers in Frankreich und mehr wohl noch in England nur zu häufig eine höchst gedrückte, überbürdete und eines gebildeten jungen Mannes gänzlich unwürdige ist. Mag aber auch einmal eine solche Stellung in äusseren Beziehungen eine ganz leidliche und mit einem anständigen Gehalte verbundene sein, so wird sie doch jedenfalls einem gewissenhaften jungen Manne so viel Arbeit auferlegen, dass ihm zu einem systematischen praktischen Sprachstudium, wozu ja auch der fleissige Besuch des Theaters, der Predigten, der öffentlichen Vorlesungen und dgl. gehört, nur wenige Musse übrigbleibt. Die Regel wird wohl sein, dass der junge Lehrer nach absolvirten Unterrichts- und Beaufsichtigungsstunden am Abend müde und abgespannt deutsche Bekannte aufsucht, falls er deren am Orte hat, und mit ihnen natürlich in der Muttersprache sich unterhält.

Wenn nun aber der Student der Neuphilologie nicht zufällig das Glück gehabt hat, als Kind schon die neueren Sprachen praktisch zu erlernen, und wenn er einen längeren Aufenthalt im Auslande zu Studienzwecken nicht ermöglichen kann, wie in aller Welt soll er da sich Sprechfertigkeit erwerben, zumal auch der Universitätsunterricht ihm für praktische Sprachstudien nur wenig Anleitung bietet? In grossen Universitätsstädten — etwa in Berlin, Leipzig, Strassburg, München und, was das Englische anlangt, auch in Bonn —, wo immer in ziemlicher Zahl englisch oder französisch redende Studierende und sonst gebildete Männer sich aufhalten, wo französische, bzw. englische Kirchengemeinden existiren, wo in jedem Kaffeehause fremdsprachliche Zeitschriften ausliegen und wo endlich vielleicht fremdsprachliche Theateraufführungen stattfinden, da ist Gelegenheit zu einiger neusprachlicher Praxis für Jeden vorhanden, der sie überhaupt sucht. Anders aber und schlimmer steht es in den kleinen, abseits von dem grossen Weltgetriebe gelegenen Universitätsstädten, in welche sich nur selten einmal ein Ausländer verirrt. Wie es hier der neuphilologische Student anfangen soll, um Conversationsfertigkeit zu erlangen, ist ein unlösbares Problem, vor welches sich aber doch alle diejenigen gestellt finden, denen aus irgend welchem Grunde eben nur der Besuch einer kleineren Universität möglich, ein Aufenthalt im Auslande aber unmöglich ist.

In Anbetracht der erwähnten Verhältnisse wird man es begreiflich und entschuldbar finden, dass mancher neusprachliche Lehrer in der Conversationsfertigkeit nicht sonderlich glänzend beschlagen ist. Nur freilich sollte ein solcher Lehrer dann Alles thun, um das, was er als armer Student hat versäumen müssen, möglichst nachzuholen und die Lücke seines Könnens verschwinden zu lassen. Es mag nicht eben leicht sein, von einem bescheidenen Gehalte die Mittel zu einer längeren Reise in das Ausland zu ersparen, aber möglich ist es doch wohl, und es sollte also der noch in Bezug auf Sprechfertigkeit zurückgebliebene junge Lehrer, sobald es ihm nur möglich, einmal seine Sommerferien im Auslande verbringen und sie ganz methodisch zur Einübung der Umgangssprache benutzen. Vier oder sechs Wochen sind nun freilich keine lange Zeit, aber werden sie in gehöriger Weise angewandt, werden die richtigen Maassregeln ergriffen, so lässt sich immerhin in ihnen Vieles erlernen, zum Mindesten aber Zunge und Ohr an die fremdsprachlichen Laute gewöhnen, und das ist auch schon viel werth. Freilich aber meine ich, dass solche Bildungsreisen in das Ausland nicht lediglich der persönlichen Willkür überlassen bleiben, sondern dass sie für neusprachliche Lehrer geradezu vorgeschrieben, dann aber natürlich auch durch Gewährung von Reisestipendien und Ertheilung von Urlaub möglichst erleichtert werden sollten. Doch das ist ein Punkt, auf welchen ich weiter unten noch zu sprechen komme.

So lange übrigens Französisch und Englisch im Studium und Unterrichte verbunden zu sein pflegen, liegt aller Anlass vor, an die neusprachlichen Lehrer in Bezug auf Conversationsfähigkeit nur mässige

Anforderungen zu richten. Zwei fremde Sprachen praktisch zu beherrschen, das ist meines Erachtens eine Aufgabe, die man überhaupt nicht stellen sollte. Nicht freilich, als ob sie an sich unlösbar wäre, aber sie ist kaum lösbar für denjenigen, welcher vor Allem einem gründlichen philologischen Studium sich widmen soll und dem mithin für praktische Studien nur eine beschränkte Zeit übrig bleibt. Wahrlich, die Forderung, dass ein wissenschaftlich gebildeter Lehrer gleichzeitig französisch und englisch solle parliren können, ist ein wenig erfreulicher Ueberrest aus jener Zeit, in welcher die neusprachlichen Lehrer noch nicht Philologen, sondern nur Sprachmeister waren.

Endlich vergesse man auch Eins nicht. Conversationsfertigkeit ist eine Fertigkeit oder, richtiger gesagt, eine Kunst, die nicht nur schwer zu erwerben, sondern auch schwer, nämlich nur durch stete Uebung, zu erhalten ist. Nichts verlernt man leichter, als den praktischen Gebrauch einer Sprache. Es kann also sehr wohl geschehen, dass ein neusprachlicher Lehrer seine Sprechfertigkeit allmählich wieder einbüsst, wenn es ihm beschieden ist, in einer kleinen Stadt zu leben, wo es ihm an jeder Gelegenheit zur Conversation fehlt, und wenn öftere Reisen in das Ausland ihm unmöglich sind. Das muss man wohl berücksichtigen, um sich vor unbilligen Urtheilen zu schützen und nicht gleich über Unwissenheit zu schreien, wenn einmal ein sonst tüchtiger Mann sich eine kleine Blösse giebt, die er schliesslich nicht einmal selbst verschuldet hat. Ebenso besitzt auf eine gewisse Nachsicht wohl auch der ein Anrecht, welcher in eifriger, streng wissenschaftlicher Thätigkeit wenig Musse findet, um praktische Dinge sich zu kümmern. Anlagen, Neigungen und Lebensverhältnisse sind eben verschieden, und nichts ist falscher, ist namentlich im Unterrichtswesen verderblicher, als schablonenmässig gleichartige Leistungen zu verlangen. Man muss sich eben in die Thatsache finden, und hat keinen Grund darüber zu klagen, vielmehr Anlass, sich darüber zu freuen, dass, wie überall, so auch auf sprachlichem Gebiete der Eine mehr für theoretisches Forschen, der Andere mehr für praktisches Können beanlagt ist, dass, wie der Apostel sagt (1. Kor. 12, 10), dem Einen mancherlei Sprachen gegeben sind, dem Andern aber verliehen ist, die Sprachen auszulegen. Und so vermag ich keinen himmelschreienden Uebelstand darin zu finden, wenn ein sonst den Anforderungen seines Amtes voll genügender Lehrer, der durch wissenschaftliche Leistungen sich auszeichnet, in Bezug auf Sprechfertigkeit Einiges zu wünschen übrig lässt. Jedenfalls wird ein solcher mit grösserem Erfolg wirken und der Schule mehr zur Ehre gereichen, als einer, der zwar fertig parlirt, aber eine nur nothdürftige und etwas oberflächliche wissenschaftliche Bildung besitzt. Es giebt ja auch tüchtige Mathematiker, die schlechte Kopfrechner sind. —

In der Theorie jedoch ist die Forderung durchaus aufrecht zu erhalten, dass der neusprachliche Lehrer auch Sprechfertigkeit besitzen müsse.

Wenn dem so ist, so besteht ohne Zweifel für die Universität, bzw. für den Staat die Verpflichtung, dafür Sorge zu tragen, dass der Studierende der Neuphilologie sich auch wirklich während seiner Studienzeit oder sagen wir lieber: vor seiner definitiven Anstellung als Lehrer sich auch praktisch ausbilden könne. Im Interesse der praktischen Ausbildung der künftigen Aerzte sind allenthalben Anatomien, Kliniken und physiologische Institute errichtet worden, Aehnliches ist für die Studierenden anderer Wissenszweige geschehen, es ist also billig, dass auch die praktischen Bedürfnisse der Neuphilologie berücksichtigt werden.

Was aber kann nun hierfür gethan werden?

Das Nächstliegende ist unstreitig, zu sagen, dass die neusprachlichen Professoren verpflichtet seien, wie für die wissenschaftliche, so auch für die praktische Ausbildung ihrer Schüler zu sorgen und zu diesem Behufe regelmässige Sprech- (und Schreib)übungen abzuhalten. Indessen mit Fug und Recht werden die Professoren, wenigstens in der grossen Mehrzahl, diese Forderung von sich abweisen, nicht etwa weil ein derartiger Unterricht eines akademischen Lehrers unwürdig wäre — ich wenigstens vermag garnichts Unwürdiges darin zu finden, kann mir vielmehr vorstellen, dass er in sehr würdiger und auch für die Wissenschaft fruchtbringender Weise ertheilt wird —, sondern lediglich, weil damit etwas Wichtigeres, nämlich der wissenschaftliche Unterricht, beeinträchtigt werden würde oder weil, kurz gesagt, die Sache praktisch unausführbar ist. Erste und wesentlichste Aufgabe des neusprachlichen Professors ist doch sicherlich, wissenschaftliche Grammatik (in allen ihren Gebieten), Metrik und Litteraturgeschichte zu lehren, als zweite und kaum minder wesentliche Aufgabe liegt ihm ob, durch textkritische, exegetische und sonstige Uebungen seine Schüler an wissenschaftlich strenge Methode zu gewöhnen und sie zu selbständiger wissenschaftlicher Arbeit anzuleiten. Ich denke, die Erfüllung dieser beiden Aufgaben, und selbst wenn sie nur für eine Sprache und nicht für mehrere Sprachen zugleich gestellt würden — letzteres aber ist der Fall überall da, wo ein Professor neben dem Französischen auch die andern romanischen Sprachen und wohl gar noch die englische zu vertreten hat —, erfordert eine volle und zwar sehr leistungsfähige Manneskraft. Um dies auch dem der Sache ferner Stehenden deutlich zu machen, will ich wenigstens auf eine Kleinigkeit hinweisen. Auf dem Gebiete der romanischen Philologie erscheinen gegenwärtig folgende wichtigeren Fachzeitschriften: 1. Romania, 2. Revue des langues romanes, 3. Giornale di filologia romanza, 4. Il Propugnatore, 5. Zeitschrift für romanische Philologie, 6. Zeitschrift für neufranzösische Sprache und Litteratur; ausserdem kann man noch folgende in zwanglosen Heften, die aber doch ziemlich rasch aufeinander folgen, erscheinende Publicationen hinzurechnen: 7. Böhmer's „Romanische Studien“, 8. Stengel's „Abhandlungen und Ausgaben“, 9. Körting's und Koschwitz' „Französische Studien“;

demnächst werden dazu noch 10. Vollmöller's „Romanische Forschungen“ treten. Diese sämmtlichen Zeitschriften und Publicationen muss der Professor der romanischen Philologie durchsehen, bzw. nicht bloss durchlesen, sondern auch durchstudieren, um den Fortschritten seiner Wissenschaft zu folgen. Das genügt aber noch bei weitem nicht: er wird auch die bedeutenderen Zeitschriften für classische und für germanische Philologie, für Sprachforschung und für Geschichtswissenschaft regelmässig zu durchmustern haben, er wird die besseren kritischen Organe des In- und Auslandes, also beispielsweise: Litteraturblatt für germanische und romanische Philologie, deutsche Litteraturzeitung, Centralblatt, Revue critique, Rassegna settimanale, Athenaeum, Academy fortlaufend berücksichtigen müssen, er wird endlich auch gar nicht umhin können, selbst belletristische Zeitschriften, wie die Revue des deux Mondes, die Nouvelle Revue, die Nuova Antologia, die Quarterly Review etc., gelegentlich wenigstens einzusehen, um mit den neuesten Litteratur- und Culturströmungen nicht unbekannt zu bleiben. Welche Anforderungen an Zeit und Arbeitskraft stellt also allein schon die Zeitschriftenlitteratur! Und es ist dabei zu berücksichtigen, dass gerade die Durchsicht, bzw. das Durchstudium zahlreicher Zeitschriften ein nur scheinbar leichtes und rasch zu erledigendes, in Wirklichkeit aber recht schwieriges, aufhältliches und oft verdriessliches Geschäft ist, das, um nicht vergeblich zu sein, die Anlage einer förmlichen Registratur und umfänglichen Excerptensammlung erfordert. Etwas günstiger in Bezug auf Zeitschriftenstudium, als der romanische, ist — entsprechend der grösseren Jugend seiner Wissenschaft — der englische Philolog gestellt, aber auch er hat ein sehr beträchtliches Pensum durchzuarbeiten, zumal da er genöthigt ist, nicht bloss, wie ja ganz selbstverständlich, mit der germanischen Philologie, sondern auch mit der allgemein indo-germanischen Sprachforschung in viel direkteren Beziehungen zu stehen, als sein romanischer College. Zu der Zeitschriftenlitteratur tritt nun aber noch die sehr beträchtliche neu erscheinende Buchlitteratur. Eine Statistik darüber würde recht interessant sein, leider aber habe ich mir eine solche bis jetzt noch nicht zusammengestellt. Ich glaube jedoch, es wird mir Niemand widersprechen, wenn ich behaupte, dass jährlich auf dem Gebiete der romanischen Philologie gegen zwanzig, auf dem der englischen gegen zehn Bücher erscheinen, welche berücksichtigen und, theilweise wenigstens, lesen muss, wer in den neuphilologischen Wissenschaften sich auf dem Laufenden erhalten will. Und zu all' dieser Litteratur treten nun noch die Doctordissertationen, deren jährliche Durchschnittszahl auf romanischem Gebiete mit fünfundzwanzig, auf englischem mit acht wol nicht zu hoch veranschlagt ist und von denen ein grosser Theil zwar in Zeitschriften veröffentlicht wird, ein nicht unbeträchtlicher aber doch — wie namentlich diejenigen von Halle und Göttingen — nur selbständig erscheint. Also allein schon die Beschäftigung mit der neu erscheinenden Litteratur legt dem neusprachlichen Professor eine sehr ansehnliche Arbeit auf, aber selbstverständlich bildet diese doch nur einen kleinen und verhältnissmässig nebensächlichen Theil dessen, was er wissenschaftlich zu arbeiten hat. Und zu der wissenschaftlichen Arbeit für das Amt tritt ja nun in der Regel noch eine eigene wissenschaftlich litterarische Thätigkeit hinzu, welche für einen akademischen Lehrer eine Art moralischer Pflicht oder doch eine gewisse Ehrensache ist und welche, weit entfernt seine Lehrwirksamkeit zu schädigen — wie dies bei einem Gymnasial- oder Realschullehrer zuweilen geschehen kann —, dieselbe im Gegentheile meist wesentlich fördert (Ausnahmen kommen allerdings vor). Bedenkt man nun noch, dass der neusprachliche Professor Doctor- und Seminararbeiten zu begutachten hat, dass ihm mancherlei andere, aus seinem Amte sich ergebende Verpflichtungen obliegen und dass er in der Regel auch ein viel in Anspruch genommenes Mitglied der Prüfungscommission für das höhere Schulamt ist — eine Stellung, womit in Preussen noch die zeitraubende Revision der französischen, bzw. englischen Abiturientenarbeiten verbunden ist —, so wird man zugeben müssen, dass seine Zeit während des Semesters schon vollauf besetzt ist und dass er nicht daran denken kann, neben und ausser den wissenschaftlichen Vorlesungen noch praktische Sprechübungen abzuhalten. Etwa aber eine oder die andere Vorlesung zu Gunsten von Conversationsübungen ausfallen zu lassen, das hat, ganz abgesehen davon, dass die letzteren denn doch nur in einzelnen, von einander getrennten Semestern an die Reihe kämen, doch auch seine grossen Bedenken. Das Gebiet der französischen, bzw. englischen Philologie ist ein so ausgedehntes, dass es Mühe genug kostet, während des Zeitraumes von sechs bis acht Semestern auch nur die wichtigsten Gebiete desselben in einem Vorlesungscyclus zu behandeln, und dass also eine Beschränkung desselben nicht wohl thunlich ist. Nun könnte man vielleicht noch sagen, es liessen sich wenigstens die Seminarübungen in französischer, bzw. englischer Sprache abhalten, ähnlich wie im classisch-philologischen Seminare das Latein die officielle Sprache ist. Das wäre an sich nun wohl thunlich, würde aber die Gefahr nahe legen, dass dann das Schwergewicht der Seminarübungen nicht mehr auf die sachliche Materie, sondern auf die sprachliche Form gelegt würde, und das wäre doch gewiss nicht gut. Es ist überhaupt eine missliche Sache, zwei Ziele — Anleitung zu wissenschaftlich methodischem Arbeiten und praktische Anleitung zum Sprechen — gleichzeitig verfolgen zu wollen: es könnte sehr leicht treffen, dass man dann keines von beiden erreicht. Im classisch-philologischen Seminar liegen die Verhältnisse für den Gebrauch des Lateins weit günstiger: die Studierenden sind hier vom Gymnasium her bereits weit mehr an Lateinsprechen gewöhnt und darin geübt, als in der Regel die Neuphilologen an den Gebrauch des Französischen, bzw. des Englischen. Aber auch im classisch-philologischen Seminar geschieht es wohl nicht ganz selten, dass man des eindringlicheren Verständnisses der Sache wegen in deutscher Sprache verhandelt. Selbst ein Ritschl, der doch wahrlich des Lateins mächtig war und seine Anwendung hochhielt, that dies oft genug, wie ich aus eigener Erfahrung bezeugen kann. Leugnen will ich indess nicht, dass im französisch- (bezw. romanisch-) englischen Seminare sich für die Praxis des Sprechens unter Umständen wenigstens etwas thun liesse, viel wird es aber nie sein können, wenn das Seminar seinem nächsten Zwecke, dem der wissenschaftlichen Ausbildung, treu bleiben soll.

Der neusprachliche Professor wird also kaum in der Lage sein, für die praktische Ausbildung seiner Schüler mehr zu thun, als ihnen gelegentliche Rathschläge und Winke dafür zu ertheilen, sie auf die Wichtigkeit der Sache hinzuweisen und sie vor dem Wahne zu behüten, als sei praktische Sprachkenntniss für die wissenschaftliche Sprachforschung werthlos oder gar eines Philologen unwürdig.

In richtiger Erkenntniss der Thatsache, dass praktischer Sprachunterricht ausserhalb der eigentlichen Berufssphäre des akademischen Professors liege, sind mit der Ertheilung desselben an vielen Universitäten besondere „Lectoren“ betraut worden. Es ist das eine Maassregel, durch welche sicherlich viel Gutes gestiftet wird, namentlich an kleinen Universitäten, an denen der Unterricht des Lectors den Studierenden wenigstens e i n e Gelegenheit zu praktischen Uebungen bietet. Indessen gar zu viel darf man von dieser Institution doch nicht erwarten und fordern. Erstlich wird es sehr schwierig sein, für das Lectorat, dessen Bekleidung viel Takt und viel Geschick im Unterrichten erfordert, immer die geeigneten Persönlichkeiten zu finden. Am besten würden wissenschaftlich gebildete Franzosen, bezw. Engländer sich eignen, aber nur selten wird ein solcher sich hierfür gewinnen lassen, da ja die Gehalte der Lectoren sehr sparsam bemessen sind und zur bescheidensten Subsistenz kaum hinreichen, Gelegenheit zu Privatunterricht aber, dessen Ertrag ausgleichend hinzutreten könnte, in kleineren Universitätsstädten nur wenig sich bietet. Man wird also in der Regel an deutsche Lehrkräfte gewiesen sein. Aber ein Deutscher, der die für den Lector erforderliche volle Sprechfertigkeit und ausserdem wissenschaftliche Lehrbefähigung besitzt, ist ein vielbegehrter Mann und kann leicht einträglichere und angenehmere Stellungen finden; ein Lectorat wird er meist nur dann übernehmen, wenn er dasselbe als ein Nebenamt bekleiden kann, und das lässt sich doch nur selten ermöglichen. Sodann kann der Unterricht des Lectors immer nur wenige Stunden der Woche umfassen, und die an ihm theilnehmenden Studierenden besitzen meist eine sehr ungleichmässige Vorbildung, mögen immerhin in der Theorie entweder nur „Anfänger“ oder „Geübtere“ zu dem Colleg zugelassen werden, denn wie will man praktisch die beiden Kategorien scheiden? Es sind das zwei Umstände, die den möglichen Erfolg des Unterrichtes von vornherein sehr einschränken. Endlich habe ich die Beobachtung gemacht, dass viele

Studierende in den von dem Lector geleiteten Sprechübungen nie eine sehr störende Schüchternheit und Befangenheit überwinden können: sie sind sich bewusst, wie mangelhaft es mit ihrem praktischen Französisch, bezw. Englisch, steht, wissen, dass sie beim Versuche des Sprechens Schnitzer auf Schnitzer machen würden, und befreien sich aus dieser unbehaglichen Situation nur zu oft durch Wegbleiben aus der Unterrichtsstunde. Es ist das gewiss sehr verkehrt, aber auch sehr menschlich gehandelt.

Bei aller Anerkennung also dessen, dass das Institut des Lectorates viel Gutes wirken kann und dass es, so lange es nicht durch etwas Besseres ersetzt wird, der Beibehaltung durchaus werth ist, glaube ich doch nicht, dass durch dasselbe das Ziel, den Studierenden der Neuphilologie die Erwerbung einer auch nur einigermassen genügenden Sprechfertigkeit zu sichern, erreicht wird. Und ich glaube, dass überhaupt dieses Ziel innerhalb des akademischen Unterrichtes gar nicht erreicht werden kann. Denn Sprechfertigkeit ist eine Kunst, die sich nur höchst unvollkommen durch einen stundenweise bemessenen Unterricht erwerben lässt; sie lässt sich vielmehr, wie ich bereits oben hervorhob, nur entweder durch frühzeitige Gewöhnung oder durch einen längern, methodisch ausgenutzten Aufenthalt im Auslande gewinnen. Die erstere kann natürlich nur von der Gunst zufälliger Verhältnisse gewährt werden, den letzteren dagegen könnte und sollte eine staatliche Einrichtung den Studierenden der Neuphilologie ermöglichen. Indem ich nun im Folgenden den Plan einer solchen Einrichtung entwerfe, bin ich mir der Schwierigkeiten wohl bewusst, welche der Verwirklichung derselben sich entgegenstellen würden, ohne jedoch zu glauben, dass sie unüberwindbar seien. Mag im Einzelnen auch Manches geändert werden müssen, im Wesentlichen halte ich das mir vorschwebende Ideal für realisirbar.

Der neusprachliche Universitätsunterricht sei — schon um die Arbeitskraft des Studierenden nicht nach zwei verschiedenen Seiten hinzulenken und dadurch zu zersplittern — ein rein wissenschaftlich theoretischer. Seine Dauer werde auf mindestens sechs Semester berechnet, nach deren Ablauf der auf ein Lehramt reflectirende Student sich einer ersten Staatsprüfung unterziehen kann. Diese Prüfung habe lediglich den Zweck, die wissenschaftlichen Kenntnisse des Candidaten sowie seine pädagogische Befähigung festzustellen. Die Prüfungsarbeiten seien in deutscher Sprache abzufassen, damit der Candidat, ungehemmt durch die Nothwendigkeit des Gebrauchs einer fremdsprachlichen Form, seine ganze Aufmerksamkeit auf die wissenschaftliche Behandlung des Thema's concentrire. Die Beurtheilung der Arbeiten sei eine möglichst strenge und nur von wissenschaftlichen Gesichtspunkten ausgehende. Einem Candidaten jedoch, welcher bereits auf Grund einer einen Gegenstand der französischen, bezw. englischen Philologie behandelnden und im Druck vorliegenden Dissertation die Doctorwürde erlangt hat, werde die betreffende Prüfungsarbeit erlassen.

Die mündliche Prüfung, welche (wie auch die Begutachtung der schriftlichen Arbeiten) regelmässig von dem betreffenden Fachprofessor zu vollziehen und selbstverständlich in deutscher Sprache abzuhalten ist, erstrecke sich auf alle Hauptgebiete der französischen, bezw. der englischen Philologie, also auch auf altfranzösische, bezw. altenglische (einschliesslich der angelsächsischen) Grammatik und Litteraturgeschichte. Die in Preussen übliche Prüfung in der sogenannten allgemeinen Bildung bleibe im Wesentlichen bestehen, doch ertheile man Candidaten, welche im Besitze ausgezeichneter Abiturientenzeugnisse sind, ganze oder theilweise Dispense, und den bereits promovirten Doctoren der Philosophie erlasse man die philosophische Prüfung.

Diejenigen Candidaten nun, welche in der wissenschaftlichen Prüfung die wissenschaftliche Lehrbefähigung für alle Classen erlangt haben, müssen nach Ablauf eines Jahres, jedenfalls aber vor ihrer definitiven Anstellung sich einer zweiten, rein praktischen Prüfung unterziehen. Diese Prüfung sei eine schriftliche und eine mündliche. In der ersteren fordere man zwei, lediglich nach den Gesichtspunkten der Sprachrichtigkeit und stylistischen Gewandtheit zu beurtheilende, französische, bezw. englische Clausurarbeiten: eine Uebersetzung eines schwierigeren deutschen Textes in das Französische, bezw. Englische, und eine freie Composition (Aufsatz oder Brief). In der mündlichen Prüfung aber erforsche man möglichst allseitig die Aussprach- und Sprechfertigkeit des Candidaten und bediene sich in ihr durchweg der betreffenden fremden Sprache. Als Examinator fungire ein mit dem praktischen Gebrauche des Französischen, bezw. Englischen vollständig vertrauter, pädagogisch gebildeter Mann. Nicht nothwendig würde es sein, dass einer jeden Prüfungscommission ein solcher beigeordnet wäre, sondern es würde sich vielleicht sogar empfehlen, dass (wenigstens für die preussische Monarchie) die praktische Prüfung nur in Berlin abgehalten würde.

Demjenigen, welcher auch die praktische Prüfung mit gutem Erfolge bestanden, würde dann die volle Anstellungsfähigkeit als neusprachlicher Lehrer zuzuerkennen sein; wer dagegen nur die wissenschaftliche absolvirt, würde von der Ertheilung des Unterrichtes in Quinta und Prima des Gymnasiums wie der Realschule auszuschliessen und also in seiner Anstellungsfähigkeit zu beschränken sein. Denn weder kann man den ersten Elementarunterricht Jemand anvertrauen, der nicht volle Garantie für seine Sicherheit und Geübtheit in der Aussprache gegeben hat, noch auch kann füglich in Prima eine neuere Sprache lehren, wer nicht einige Sprechfertigkeit besitzt und dadurch befähigt ist, bei sich bietender Gelegenheit auch die Schüler im praktischen Sprachgebrauche zu üben. Noch vorsichtiger aber müsste man in der Verwendung eines Candidaten sein, der in der praktischen Prüfung Unsicherheit im schriftlichen Sprachgebrauche bekundet hat. Ein solcher dürfte in keinem Falle definitiv angestellt werden, bevor er nicht durch eine wiederholte Prüfung ein besseres Ergebniss erzielt hat.

In der zwischen der wissenschaftlichen und der praktischen Prüfung liegenden Zeit werde nun von dem Staate denjenigen Candidaten der Neuphilologie, welche noch keine praktische fremdsprachliche Bildung besitzen, Gelegenheit geboten, sich durch einen längeren und methodisch ausgenutzten Aufenthalt im Auslande die in der praktischen Prüfung zu fordernden Kenntnisse und Fertigkeiten zu erwerben.

Man errichte zu diesem Behufe — analog etwa dem deutschen archäologischen Institute in Rom und Athen — ein (allgemein deutsches) neusprachliches Institut in zwei Sectionen, von denen die eine in Paris, die andere in London ihren Sitz habe.

Die Organisation dieser beiden Anstalten denke ich mir etwa folgendermaassen.

Die Oberaufsicht über jede der beiden Anstalten führt der Reichskanzler, bezugsweise in dessen Auftrage der preussische Unterrichtsminister. Als Curatoren fungiren die kaiserlichen Botschafter in Paris und London, bezugsweise von diesen zu ernennende und von der Regierung zu bestätigende Commissare. Die Curatoren, bezw. deren Commissare, haben die Anstalten namentlich der französischen, bezw. englischen Regierung gegenüber zu vertreten, und ihnen steht die Entscheidung in allen denjenigen Fällen und Angelegenheiten zu, welche eine keinen Aufschub leidende Erledigung an Ort und Stelle erheischen.

Die specielle Leitung einer jeden der beiden Anstalten wird einem Direktor übertragen. Derselbe muss ein akademisch gebildeter Neuphilologe sein, welcher mit französischer (englischer) Sprache und Sitte genau vertraut ist und die für seine Stellung erforderliche pädagogische Befähigung besitzt. In Bezug auf sein Einkommen und seinen dienstlichen Rang ist dafür zu sorgen, dass dieselben der Würde eines Vertreters der deutschen Wissenschaft im Auslande entsprechen.

Jede Anstalt erhält ein ihren Zwecken angemessenes Gebäude, jede wird mit einer kleinen Handbibliothek — ähnlich denen, wie sie etwa die romanisch-englischen Seminare in Strassburg oder Bonn besitzen — ausgestattet und in jeder befindet sich ein Lesezimmer, in welchem einige der besseren französischen (englischen) politischen, und belletristischen Journale und ausserdem die wichtigsten neuphilologischen und kritischen Zeitschriften ausliegen.

Die Schüler jeder Anstalt zerfallen in drei Classen: a. Stipendiaten, b. Pensionnäre, c. Externe oder Hospitanten.

Die Stipendiaten, deren Zahl etwa auf je 12 zu normiren ist, erhalten im Anstaltsgebäude während eines Studiencursus freie Wohnung, Kost und Unterricht und ausserdem zur Bestreitung ihrer kleinen Ausgaben eine angemessene Geldunterstützung. Stipendiaten können nur solche Candidaten werden, welche ihre Mittellosigkeit nachzuweisen vermögen und welche von den Professoren, unter deren Leitung sie vorzugsweise studiert haben oder von denen sie in der wissenschaft-

4*

lichen Prüfung examinirt worden sind, als besonders tüchtig und der Unterstützung würdig empfohlen werden. Sie müssen sich verpflichten, die zweite Prüfung binnen einem Jahre nach ihrem Austritte aus der Anstalt zu absolviren und, wenn sie dieselbe bestanden, auf Verlangen in den staatlichen Schuldienst einzutreten. Selbstverständlich haben sie sich während ihres Aufenthaltes in der Anstalt einer bestimmten (übrigens aber nicht pedantisch zu regelnden) Hausordnung zu unterwerfen und haben, wenn der Direktor es wünscht, demselben abwechselnd Secretariatsdienste zu leisten. Die Wiederverleihung eines Stipendiums in derselben Anstalt für einen zweiten Studiencursus ist nur in dem Falle statthaft, dass ein Stipendiat ohne Verschulden, etwa in Folge von Krankheit, den ersten ganz oder zum grossen Theil hat unbenutzt lassen müssen. Dagegen kann ein Stipendiat für einen zweiten Unterrichtscursus in die Classe der Pensionnäre oder Hospitanten übertreten, falls er nachweist, dass er die hierfür erforderlichen Subsistenzmittel sich (etwa durch Privatunterricht) zu erwerben vermag. Auch ist es statthaft, dass ein Stipendiat, welcher die wissenschaftliche Prüfung für Französisch und Englisch bestanden hat, nach Absolvirung des Unterrichtscursus in der einen Anstalt in gleicher Eigenschaft für einen zweiten in die andere übertritt, eventuell auch, dass er die halbe Zeit in der einen, die halbe in der andern Anstalt studirt.

Die Pensionnäre erhalten Wohnung, Kost und Unterricht in der Anstalt, soweit die räumlichen und wirthschaftlichen Verhältnisse derselben es gestatten, gegen Zahlung eines angemessenen Pensionspreises. Sie haben sich ebenfalls der Hausordnung zu unterwerfen, übernehmen aber sonst keine Verpflichtungen.

Die Hospitanten oder Externen endlich wohnen ausserhalb der Anstalt und nehmen nur an dem Unterrichte theil, wofür sie selbstverständlich ein Honorar zu entrichten haben.

Die innerhalb der Anstalt zur Anwendung gelangende amtliche Verkehrssprache ist ausschliesslich die französische (englische).

Der Unterricht wird — falls nicht der Direktor einen Theil desselben übernimmt, wozu er berechtigt, aber nicht verpflichtet ist — ausschliesslich von französischen (englischen) Lehrern ertheilt, als welche, wenn irgend möglich, wissenschaftlich gebildete Männer zu gewinnen sind. Es erstreckt sich derselbe auf Theorie und Praxis der Aussprache, Recitationslehre, Stylistik und vor Allem auf Conversation.

Der Studiencursus beginnt am 1. September und endet am 31. Mai. Während der Monate Juni, Juli und August bleibt die Anstalt geschlossen. Die Zahl der täglichen Unterrichtsstunden beträgt zwei oder drei. Ausserdem wird den Schülern empfohlen, einzelne geeignete Vorlesungscurse an den pariser (londoner) Hochschulen zu besuchen.

Die Stipendiaten sind zum Besuche der Unterrichtsstunden verpflichtet, die Pensionnäre und Hospitanten dagegen unterliegen in dieser Beziehung keiner Controle.

Die Stipendiaten müssen, die Pensionäre und Hospitanten dürfen dem Direktor, bezw. einem Lehrer allmonatlich eine grössere, in französischer (englischer) Sprache abgefasste Arbeit abliefern. Die Themata für diese Arbeiten (Uebersetzungen oder freie Aufsätze) stellt der Direktor; er hat dabei darauf Bedacht zu nehmen, dass die Schüler veranlasst werden, Gegenstände des praktischen Lebens zu behandeln und sich möglichst gleichmässig im erzählenden und im beschreibenden Style und namentlich auch im Briefstyle zu üben. Die Arbeiten werden corrigirt und censirt und im Archive der Anstalt aufbewahrt; letzteres zu dem Zwecke, um eventuell dem die praktische Prüfung abnehmenden Examinator zur Einsicht übersandt zu werden. Den Antrag dazu ist sowol der Examinator wie der Candidat zu stellen berechtigt.

Von den Schülern der Anstalt, insbesondere aber von den Stipendiaten, wird erwartet, dass sie, soweit angänglich, ihren Aufenthalt in Paris (London) auch zu wissenschaftlichen Studien, namentlich handschriftlichen Studien, auf den dortigen Bibliotheken benutzen. Die Stipendiaten sind verpflichtet, wenn ihre Zeit es ihnen gestattet, gegen ein angemessenes Honorar ihnen von dem Direktor ertheilte oder übermittelte Aufträge zur Copirung oder Collationirung von Texten auszuführen.

Die Schüler der Anstalt werden von dem Direktor zu möglichst methodischen Besuchen der Museen für Kunst und Wissenschaft in Paris (London) veranlasst. Eventuell hat der Direktor dafür Sorge zu tragen, dass diese Besuche unter Führung eines sachverständigen Mannes erfolgen. Der Besuch der besseren Theater, namentlich bei der Aufführung classischer Dramen und guter moderner Lustspiele, wird von Seiten der Anstaltsverwaltung begünstigt und nach Möglichkeit finanziell erleichtert. Der Direktor ist überhaupt verpflichtet, nach Kräften dahin zu wirken, dass die Schüler möglichst allseitig mit dem modernen französischen (englischen) Geistes- und Culturleben bekannt werden und, soweit es geschehen kann, auch eine Kenntniss von den guten Seiten des eigentlichen Volkslebens erhalten. Ebenso wird der Direktor nach Möglichkeit es zu veranlassen suchen, dass die Schüler in gebildete französische (englische) Familien, bezugsweise in gebildete deutsche Familien, welche durch langen Aufenthalt in Paris (London) heimisch geworden sind, eingeführt werden.

Jeder Schüler erhält bei seinem Austritte eine Bescheinigung über seinen Aufenthalt in der Anstalt und, wenn er es wünscht, ein Zeugniss über die von ihm gemachten Fortschritte, sowie über seine tadellose Führung. Auch erstattet der Direktor über jeden Schüler, besonders aber über jeden Stipendiaten, bei dessen Austritt einen Bericht an den Minister. —

So denke ich mir in ihren Grundzügen die Organisation des neusprachlichen Institutes, beziehentlich seiner beiden Sectionsanstalten.

Gewiss würden die Errichtung und Erhaltung eines derartigen

Institutes nicht unbeträchtliche finanzielle Opfer erheischen, aber diese Opfer würden, meine ich, weder die Leistungsfähigkeit des grossen deutschen Reiches übersteigen noch auch ausser Verhältniss stehen zu den durch sie der deutschen Nation vermittelten Vortheilen. Würde doch das Institut alljährlich einer Anzahl wissenschaftlich gebildeter Neuphilologen die Möglichkeit gewähren, in sorgenfreier Stellung und geschützt vor den mancherlei Nachtheilen und selbst Gefahren, welche der isolirte Aufenthalt in den grossen Weltstädten für junge Männer mit sich bringt, sich dem Studium der französischen (englischen) Umgangssprache widmen und sich mit dem französischen (englischen) Culturleben in dessen Centralstätte selbst vertraut machen zu können. Würde doch dadurch nicht bloss die allseitige Ausbildung der neusprachlichen Lehrer an unsern höheren Schulen ganz wesentlich gefördert, sondern auch das gewiss fruchtbringende tiefere und richtigere Verständniss französischen (englischen) Geisteslebens in Deutschland verallgemeinert werden! Das sind gewiss nicht zu unterschätzende Vortheile, deren Gewinn doch sicherlich für die Verausgabung einer verhältnissmässig nicht sonderlich hohen Geldsumme entschädigen dürfte. Das aufgewandte Capital würde mit einem Worte reiche Culturzinsen tragen.

Und wenn man bedenkt, wie bereitwillig und wie fern von aller Kleinlichkeit die grösseren deutschen Staaten, und unter ihnen in erster Linie der preussische, die nach Millionen sich beziffernden Summen gewähren, welche die Errichtung und Erhaltung der zahlreichen dem Studium der Naturwissenschaften gewidmeten Institute heischen, wenn man bedenkt, dass auch für die Förderung anderer Wissenschaften, wie beispielsweise der archäologischen und historischen, alljährlich ohne ängstliches Berechnen und Feilschen sehr erhebliche Summen gewährt werden, so erscheint die Erwartung durchaus berechtigt, dass man auch für die Förderung der neuphilologischen Studien, welche ja eine für unser ganzes Culturleben weittragende Bedeutung besitzen, eine offene Hand haben, dass man auch ihnen gegenüber nicht knausern werde.

Etwas muss jedenfalls für die praktische Ausbildung der Neuphilologen gethan werden. Der Staat fordert von ihnen, und fordert mit vollem Rechte, bei der Prüfung für das Lehramt Fertigkeit im praktischen Gebrauche fremder Sprachen. Um dieser Forderung genügen zu können, wandern jetzt Jahr aus Jahr ein wissenschaftlich gebildete, aber mittellose junge Männer in grosser Zahl in das Ausland, übernehmen dort arbeitbelastete und dabei meist schlecht bezahlte, oft auch bedientenhaft niedrig geachtete Instituts- oder Hauslehrerstellungen und mühen sich nun im steten Kampfe um das Dasein, im steten sorgenvollen Jagen nach dem täglichen Brote ab, die Sprache des Auslandes praktisch zu erlernen, seine Cultur durch eigene Anschauung zu erkennen. Manchem, der besondere Energie besitzt oder sich ausnahmsweise der Gunst der Verhältnisse erfreut, mag das Streben erfolgreich werden; Andere aber kehren nach verlorenen Monaten und selbst Jahren enttäuscht und verbittert, mehr oder weniger den wissenschaftlichen Studien entfremdet, zuweilen auch geschädigt an Leib oder Seele, in die Heimath zurück, um dort entweder zur Ausfüllung der in ihrem Wissen entstandenen Lücken nochmals unter Opfern und Entbehrungen die Universität zu beziehen oder aber, gedrängt durch die Noth der Verhältnisse, sich einem vorzeitigen und desshalb ganz oder theilweise ergebnisslosen Examen zu unterwerfen.

Dieser Zustand kann und darf auf die Dauer nicht fortbestehen, er ist eines grossen Culturvolkes unwürdig. Ja, unwürdig ist es des deutschen Volkes, dass zahlreiche seiner strebsamsten und tüchtigsten Söhne, welche die Weihe akademischer Bildung empfangen haben, sich als allerlei Demüthigungen unterworfene, oft von unwissenden Institutshaltern schändlich ausgenutzte oder von geldstolzen Parvenus wie Bediente behandelte Privatlehrer im Auslande umhertreiben; das schädigt das Ansehen unseres Volkes. Man wende nicht ein, dass auch zahlreiche Franzosen und Engländer als Sprachlehrer in Deutschland und sonst im Auslande zu finden sind. Denn diese Männer sind, natürlich mit einzelnen rühmlichen Ausnahmen, meist Leute ohne jede wissenschaftliche Kenntnisse, welche weder die Befähigung noch die Absicht haben, sich zu neusprachlichen Lehrern an den höheren Schulen ihres Vaterlandes auszubilden. Sie sind eben nur Sprachmeister oder vielmehr Sprachhandwerker, während unsere jungen Neuphilologen Sprachforscher und angehende Gelehrte sind.

Sollte aber das deutsche Reich, bezugsweise der preussische Staat, sich, wenigstens in der nächsten Zukunft, zur Errichtung eines neusprachlichen Institutes, wodurch die gerügten Uebelstände am gründlichsten beseitigt würden, nicht zu entschliessen vermögen, so sollte wenigstens eine grössere Anzahl von Reisestipendien für Neuphilologen gestiftet oder zum Allermindesten sollten den Neuphilologen, welche zu ihrer Ausbildung in das Ausland reisen, die möglichsten Erleichterungen und Vergünstigungen in Bezug auf die Eisenbahnfahrpreise gewährt werden. Letztere Maassregel kommt übrigens meines Erachtens überhaupt zu Gunsten wissenschaftlicher Bestrebungen noch viel zu wenig in Anwendung. Dankbar ist es ja gewiss anzuerkennen, dass den Theilnehmern an wissenschaftlichen Wanderversammlungen sowie neuerdings auch den Theilnehmern an von Lehrern höherer Schulen veranstalteten wissenschaftlichen Excursionen erhebliche Vergünstigungen bewilligt werden, aber ich glaube, dass sich in dieser Richtung noch weit mehr thun liesse, bezugsweise gethan werden sollte, namentlich seitdem die Eisenbahnen mehr und mehr in Staatsbesitz übergegangen sind und in Folge dessen für ihre Bewirthschaftung alle berechtigten Staatsinteressen, und nicht mehr ausschliesslich das Interesse des finanziellen Erträgnisses, maassgebend sein sollen und jedenfalls auch sind. Ich meine nun, es ist im allgemeinen Staatsinteresse gelegen, dass alle diejenigen, welche durch Bildung und Stellung berufen sind, an der Erhaltung und Förderung deutscher Cultur mitzuwirken, sich eine möglichst umfassende, auf eigene Anschauung gegründete Kenntniss des deutschen Vaterlandes erwerben, und dass mithin den der genannten Kategorie angehörigen Männern von Seiten des Staates gewisse Reisevergünstigungen gewährt werden sollten, etwa aller drei oder fünf Jahre eine für die Zeit des Urlaubes, bezw. der Ferien gültige Eisenbahnfreikarte oder was sonst etwa zu thun praktisch wäre. Ein Anfang zu derartigen Einrichtungen ist ja übrigens durch die Gewährung der Eisenbahnfahrtfreiheit an die Reichstagsabgeordneten bereits gemacht worden.

In jedem Falle ist es dringend wünschenswerth, ja geradezu sachlich nothwendig, dass der Neuphilologe vor seiner definitiven Anstellung als Lehrer, durch welche er ja dann an die Heimath gefesselt wird, sich einmal längere Zeit im Auslande aufgehalten und daselbst die Sprache, die er künftig lehren soll, sprechen und sprechen hören gelernt, sie als eine lebende kennen gelernt habe. Die Anerkennung dieser Nothwendigkeit ist in Preussen übrigens auch staatlich durch die gesetzliche Bestimmung ausgesprochen worden, dass bei Neuphilologen ein zu Studienzwecken im Auslande verbrachtes Jahr in das akademische Triennium mit einzurechnen sei. Der hier zu Grunde liegende Gedanke ist ein ganz richtiger, nur ist dabei übersehen worden, dass es sich jeder Controle entzieht, ob ein Candidat das im Auslande verbrachte Jahr wirklich und erfolgreich Studienzwecken gewidmet hat, dass aber, und zwar selbst dann, wenn der Candidat nicht, wie das meist der Fall, Haus- oder Institutslehrer gewesen ist, als Regel angenommen werden muss, das Studium sei weder ein besonders gründliches noch ein besonders erfolgreiches gewesen, weil eben im Auslande unter ganz veränderten Verhältnissen zu studieren seine sehr grossen Schwierigkeiten hat, falls nicht eine specielle Anleitung dazu von berufener Seite helfend und ausgleichend eintritt. In der Regel wird ein junger Mann, wenn er — und zwar auch ohne sich um das tägliche Brot sorgen zu müssen — sich so ziemlich unvermittelt aus einer deutschen Universitätsstadt nach Paris oder London versetzt findet, sich geraume Zeit durch die Neuheit der Verhältnisse zerstreuen lassen und nur allmählich sich orientiren lernen und die zu einem methodischen Studium erforderliche ruhige Stimmung wiederfinden. Wer aber gar in der Fremde sein Brot sich verdienen muss, wird noch weniger zu wirklichen Studien gelangen können. Meist also wird das im Auslande verbrachte Jahr ein für Studienzwecke verlornes, ja sogar das Vergessen der früher gemachten Studien förderndes sein. Es hat somit die in Rede stehende Gesetzesbestimmung praktisch einfach eine Verkürzung des akademischen Trienniums um ein Drittheil zur Folge. Das mochte allenfalls erträglich sein, so lange das neuphilologische Studium ein wenig entwickeltes war, unter den gegenwärtigen Verhältnissen aber ist es ein schwerer Uebelstand.

denn gegenwärtig wird nicht nur das Triennium voll und ganz für das wissenschaftliche neuphilologische Studium erfordert, sondern es ist sogar sehr wünschenswerth, dass es zu einem Quadriennium ausgedehnt werde. Glücklicherweise jedoch wird, soweit meine Erfahrung reicht, von Candidaten, welche im Auslande waren, selten die ihnen gesetzlich zustehende Vergünstigung in Anspruch genommen. —

Nach der von mir in Vorschlag gebrachten Aenderung des Prüfungswesens würde der Neuphilologe statt einer zwei Prüfungen zu bestehen haben. Eine schwere Mehrbelastung ist das gewiss nicht. Auch dem Theologen, dem Juristen, dem Mediciner sind wiederholte Prüfungen auferlegt, und noch hat Niemand behauptet, dass das ein unerträglicher Zustand wäre. Der Neuphilologe würde übrigens den Vortheil haben, dass die erste Prüfung eine rein wissenschaftliche, die zweite eine rein praktische wäre, und dass er demnach für jede von beiden mit unzersplitterter Kraft arbeiten könnte.

Durch die Theilnahme an dem Studiencursus einer Section des neusprachlichen Institutes würde allerdings die Studienzeit des Neuphilologen auf ungefähr vier oder, wenn man in Anschlag bringt, dass die Vorbereitung auf die erste Prüfung doch auch Zeit erfordern würde, auf sogar noch mehr als vier Jahre ausgedehnt werden. Indessen das akademische Triennium wird auch gegenwärtig von sehr vielen Studierenden überschritten, zumal von solchen, welche ihre Studien durch einen Aufenthalt im Auslande unterbrochen haben. Am thatsächlichen Zustande der Dinge würde also wenig geändert. Ueberdies würde ja bei der neuen Organisation für die Unbemittelten der Aufenthalt im neusprachlichen Institute ein unentgeltlicher sein. Jede etwaige Benachtheiligung aber gegenüber den jetzigen Verhältnissen würde vermieden werden, wenn man sich entschliessen könnte, das Probejahr der Schulamtscandidaten wesentlich zu kürzen, auf ein Probesemester zu reduciren. Im Hinblick auf die Thatsache, dass oft genug Candidaten ein Probejahr entweder gar nicht oder doch nur der Form nach absolvirt haben, indem sie von vornherein gleichzeitig Hülfslehrer- oder Vicariatsfunctionen zuertheilt erhielten, und dass sich merkbare Nachtheile daraus nicht ergeben haben, meine ich, dass die angeregte Maassregel ernsthafte Bedenken nicht gegen sich hat. Unter Anleitung eines tüchtigen Direktors und unter Einfluss eines pflichttreuen und durchweg aus guten Elementen sich zusammensetzenden Lehrercollegiums kann ein Candidat in einem halben Jahre viel lernen, während, wenn der Direktor ihn nicht genügend anleitet und die Collegen ihm nicht das Vorbild eifriger Pflichterfüllung geben, er auch in einem ganzen Jahre nur wenig lernen wird. Und überdies, das Beste muss bei dem Lehrer doch die angeborne pädagogische Begabung thun.

Habe ich in dem Vorhergehenden die Mittel und Wege besprochen, durch welche dem Studierenden der Neuphilologie die Möglichkeit der praktischen Ausbildung geboten werden könnte, so will ich in dem Folgenden einige Bemerkungen über das wissenschaftlich-theoretische Universitätsstudium geben, freilich eben nur ganz aphoristische.

Der deutsche Student ist frei in Bezug auf das, was er lernen will: er kann sich die Vorlesungen, die er besuchen will, nach Belieben auswählen, er kann sie auch — thatsächlich wenigstens — nach Belieben regelmässig oder unregelmässig besuchen. Zwangscollegien bestehen kaum selbst dem Namen nach noch irgendwo. Der Lernfreiheit der Studierenden entspricht die Lehrfreiheit der Docenten: sie können nach Belieben die Gebiete ihrer Fachwissenschaft auswählen, über welche sie Vorlesungen halten wollen, sie können nach Belieben die Reihenfolge und den Umfang ihrer Collegien bestimmen. An diesem Zustande der Dinge rütteln zu wollen, würde eben so thöricht wie vergeblich sein. Er besitzt unleugbar seine Schattenseiten, wie deren jeder irdischen Institution anhaften, aber seine Lichtseiten überwiegen bei weitem.

Eine Schattenseite der bestehenden Verhältnisse ist unleugbar die, dass, wenigstens in den historisch-philologischen Disciplinen — denn auf den sonstigen Gebieten der philosophischen Fakultät und mehr noch in den andern Fakultäten verhält es sich wohl etwas anders —, dem jungen, die Universität beziehenden Studenten keine feste, durch die Tradition geregelte Bahn für seine Studien vorgezeichnet ist und dass er in Folge dessen, falls ihm nicht ein in dem betreffenden Wissensgebiete erfahrener Vater oder väterlicher Freund rathend zur Seite steht, leicht dem Probleme, sich möglichst von Anfang an einen Studienplan zu unterwerfen, rathlos gegenüber sich befindet und vielleicht für einige Semester, vielleicht aber auch für die ganze Universitätszeit auf Studienwege gerathen kann, welche vom Ziele ganz unnöthigerweise weit abführen. Es ist ja bekannt, wie unberathene „Füchse“ sich oft die wunderlichste, buntscheckigste Speisekarte von Vorlesungen zusammensetzen und wie auch ältere Studenten in der Wahl der Collegien und Studiengegenstände sich nicht selten arg vergreifen. Dem Studenten der Neuphilologie drohen solche Gefahren in besonderem Maasse, da seine Fachwissenschaft noch in der Entwickelung begriffen und noch keineswegs scharf abgegrenzt ist, übrigens auch schwerlich scharf abgegrenzt werden kann, wenigstens so lange Französisch und Englisch zusammengekoppelt sind. Es kommt hinzu, dass der Neuphilologe sich nicht, wie der classische Philolog, aus Büchern Rath über den einzuschlagenden Studiengang erholen kann, denn eine brauchbare Encyklopädie und Methodik des neusprachlichen Studiengebietes fehlt leider noch immer. Das bekannte Werk von Schmitz ist für Studierende nicht bloss werthlos, sondern selbst gefährlich, weil es, ganz abgesehen von anderen schweren Mängeln, zu einer völlig schiefen Auffassung der Neuphilologie verleitet.

Bei dieser Lage der Dinge sollte kein die Universität beziehender

Student es versäumen, den Fachprofessor, bzw. die Fachprofessoren, unter dessen oder deren Leitung er zu studieren beabsichtigt, um Rath anzugehen und die von ihm oder ihnen gegebenen Anweisungen genau zu befolgen. Jedem neusprachlichen Professor aber liegt die Pflicht ob, nicht nur in angemessenen Zwischenräumen Vorlesungen über Encyklopädie und Methodik seiner Wissenschaft zu halten, sondern mehr noch in jedem Semester direkt oder indirekt, vom Katheder herab oder im Privatverkehr seinen Schülern Rathschläge zu ertheilen über das, was sie zu thun oder zu lassen haben. Eine vornehme oder vornehm sein sollende Zurückhaltung, eine geflissentliche Beschränkung auf das Abhalten von, wenn auch noch so geistvollen und gehaltreichen, Vorlesungen ist bei einem akademischen Professor stets eine schwere und geradezu sündhafte Verkennung seiner Stellung, durch welche er ja zum Lehrer, Berather und in gewissem Sinne selbst zum Erzieher der Jugend berufen ist, sie ist es aber ganz besonders bei einem neusprachlichen Professor, da dieser ja in der Regel der einzige Vertreter seiner Wissenschaft ist und folglich der von ihm begangene Fehler von keinem einsichtigeren Collegen ausgeglichen werden kann.

Wie in andern Beziehungen, so können auch in der hier in Frage stehenden die neuerdings so ziemlich überall gegründeten neuphilologischen Vereine der Studierenden sich als sehr nützlich erweisen, indem in ihnen ältere und jüngere Commilitonen sich zusammenfinden, und somit die ersteren auf Grund ihrer längeren Erfahrung und gereifteren Einsicht den letzteren Rath zu ertheilen vermögen. Schon aus diesem Grunde, aber auch aus manchem andern, sollte der neusprachliche Professor die Entwickelung dieser Vereine nach Kräften zu fördern und dahin zu wirken suchen, dass möglichst alle Studierende der Neuphilologie ihnen beitreten. Der Professor sollte, auch wenn er sonst den Qualm der Studentenkneipe meidet, doch von Zeit zu Zeit die Vereinsabende besuchen. Er kann dort im ungezwungenen Gespräche manches Gute und Nützliche sagen, was im officiellen Verkehre zu sagen sich nicht leicht Gelegenheit findet, er kann dort manche irrige Anschauung berichtigen, er kann im guten Sinne seinen Schülern menschlich näher treten und dadurch auf deren Entwickelung und Ausbildung einen nachhaltigeren Einfluss gewinnen, als dies durch das blosse Dociren möglich ist. Ueberhaupt ist der persönliche Verkehr der Docenten mit den Studenten so ungemein fruchtbringend, und zwar für die ersteren so gut wie für die letzteren, dass er gar nicht genug gepflegt werden kann, wobei ja selbstverständlich ist, dass der Docent immer seine Würde und seine Autorität zu bewahren wissen und sich nicht zu einem maître de plaisir oder gar zu einem Kneipburschen degradiren wird. —

Als Hauptaufgabe des Universitätsunterrichtes betrachte ich nicht die Ueberlieferung wissenschaftlichen Materiales. Denn dieses ist eine in stetem Flusse begriffene, steter Veränderung unterworfene

Masse, welche, je intensiver und vielseitiger sie bearbeitet wird, um desto rascher in ihrer Totalität oder in einzelnen Theilen ihre Gestaltung wechselt. Geschehen kann es, dass, was heute als wahr oder doch als wahrscheinlich von allen Kathedern herab gelehrt wird, schon binnen Jahresfrist und vielleicht noch eher von denselben Kathedern herab als falsch und irrig geächtet wird. Wenn man ein Wissensgebiet mit einer Landkarte vergleichen darf, so kann man sagen, dass auf derselben durch die nie ermüdende Arbeit der Forscher fortwährend Correkturen vorgenommen werden, oft nur ganz leise, zuweilen aber auch solche, welche das ganze Anschauungsbild umgestalten: Grenzlinien werden verschoben oder getilgt oder neu gezogen, Terrainverschiedenheiten werden bald da bald dort anders markirt, ortsbezeichnende Punkte bald gestrichen, bald hinzugefügt, bald in ihrer Lage verändert, und was dergleichen Modificationen noch mehr sind. All' diese Correkturen muss der Fachprofessor, der übrigens in der Regel mehr oder weniger selbst an ihrer Vornahme Antheil haben wird, in seinem Collegienhefte nachtragen, so dass dasselbe im Laufe der Jahre und Jahrzehende eine von der ursprünglichen mehr und mehr abweichende Inhaltsfassung gewinnt und also bei jedem Male, wenn es für den Vortrag verwerthet wird, den Hörern ein mehr oder weniger geändertes Bild derselben Wissenschaft zeigt. Was also der Student in seinem Collegienhefte schwarz auf weiss nach Hause trägt, das spiegelt im günstigsten Falle den augenblicklichen Stand der Wissenschaft getreu wieder, ist für das laufende Semester richtig, aber schon im folgenden wird es vielleicht in einzelnen Theilen nicht mehr richtig sein, und im Fortschreiten der Zeit wird es ganz sicher geschehen, dass das mühsam zusammengeschriebene Buch nur höchstens noch einen historischen Werth besitzt, zu einer Maculaturreliquie herabsinkt. Und dem akademischen Lehrer liegt die Pflicht ob, seine Zuhörer selbst immer und immer daran zu mahnen, dass das, was er vorträgt, materiell ebenso stetem Wechsel der Erscheinungsform unterworfen ist, wie jede andere Materie, dass es in der Wissenschaft keine Dogmen giebt, die für alle Zeiten giltig wären, kurz, dass alles menschliche Wissen nur ein relatives, nicht ein absolutes ist. Der Student soll vor dem Wahne behütet werden, als ob er in seinen Collegienheften ein unzerstörbares Wissenscapital besitze, von dem er nun sein ganzes Leben hindurch behaglich zehren kann, sondern er soll sich dessen vollbewusst werden, dass er nur durch eigene Arbeit und durch eigene productive oder doch receptive Theilnahme an der wissenschaftlichen Forschung auf der Höhe der Wissenschaft sich zu erhalten vermag. Nur dadurch wird verderblicher Trägheit und unheilvollem Geistesschlummer vorgebeugt, nur dadurch wird traurige Stagnation des geistigen Lebens verhütet.

Hauptaufgabe des Universitätsunterrichtes ist, wissenschaftliche Methode zu lehren, zu methodischer Forschung anzuleiten. Allerdings auch die Methoden wechseln, und allerdings es giebt auch verkehrte Methoden. Aber selbst die verkehrte, von falschen Voraussetzungen ausgehende Methode wirkt segensreich, indem sie den wissenschaftlich Arbeitenden zu consequent logischem Denken nöthigt, indem sie ihm eine feste Bahn der Forschung vorzeichnet, indem sie ihn bewahrt vor Irrsprüngen in das Reich phantasirender Willkürlichkeit. Durch Anleitung zu methodischer Arbeit wird der Student zum Gelehrten geschult und erzogen, durch die strenge Methode unterscheidet der Gelehrte sich von dem Dilettanten. Ein Dilettant mag geistvolle, ja geniale Einfälle haben, und diese Einfälle mögen zuweilen auch richtig sein, zuweilen selbst der exakten Forschung voraneilen und hineinleuchten in ein noch unerhelltes Gebiet, aber sicheren Werth erhalten sie, zu einer bleibenden geistigen Errungenschaft werden sie doch erst dann, wenn ihr Inhalt methodisch festgestellt und bewiesen wird. Also zu methodischem Forschen leite der Docent seine Studenten an! Und so auch der Docent der neuphilologischen Wissenschaft. Wenn sie nicht an strenge Methode sich bindet, wird die Neuphilologie wieder zur Sprachmeisterei und schöngeistigen Litteraturschwärmerei.

Leicht freilich ist die Aufgabe nicht, zu wissenschaftlicher Methode anzuleiten. Denn dem jugendlichen Geiste erscheint zumeist die Methode als ein unbequemes Hemmniss für den in das Ungemessene strebenden Flug der Gedanken und als eine geflissentliche Einengung des in die Weite schauenden Blickes. Der akademische Lehrer muss demnach vor Allem die Nichtigkeit dieser Anschauung erweisen, er muss seine Schüler mit der Ueberzeugung erfüllen, dass eben nur methodische Forschung den höchsten Zielen des Erkennens sicher zuzuführen vermag, und er muss den Wahn bekämpfen, als sei irgend ein Object so geringfügig, dass es der wissenschaftlichen Forschung unwürdig wäre. Letzteres wird er besonders bei der Behandlung solcher Wissensgebiete thun müssen, auf denen — wie z. B. in der Lautlehre und Textkritik — die eindringende, gleichsam anatomisch oder mikroskopisch genau verfahrende Beschäftigung mit allerlei scheinbaren Kleinigkeiten, mit Lautnuancen und Handschriftenzügen, mit Assonanzklängen und Textverzweigungen, den Anfänger leicht kopfscheu machen und ihn zu dem weitverbreiteten Irrglauben verleiten kann, als ob die Philologie eine pedantische Sylbenstecherei und Buchstabenklauberei sei und als ob sie keine weiten geistigen Gesichtspunkte verfolge. Ist doch schon so mancher reichbegabte junge Mann durch diesen Irrglauben auf Irrpfade geleitet worden! Es zeige also der neuphilologische Docent — wie in der classischen Philologie ein Ritschl dies so meisterhaft zu thun verstand — an einzelnen Beispielen, die nicht eben schwer zu finden sind, wie die Feststellung eines einzigen altfranzösischen oder altenglischen Lautes, die Emendation einer einzigen verderbten Textstelle, der Nachweis eines einzigen Handschriftenverhältnisses oft Ergebnisse von allgemeinster und weittragendster Bedeutung gewinnen lässt und wie dadurch zuweilen ganze dunkle Zeiträume der Sprach- oder Litteraturgeschichte wie mit einem Zauberschlage erhellt werden.

Und das führt mich zu etwas Anderem, was ich noch hervorheben wollte. Der neuphilologische Docent, wie ein jeder andere, lasse es sich als eine heilige Pflicht angelegen sein, seine Schüler mit Liebe und Begeisterung für seine Fachwissenschaft zu erfüllen. Denn nicht darf er voraussetzen, dass diese Liebe und diese Begeisterung bei allen schon vorhanden seien — wie sollte dies auch nur möglich sein bei denen, welche das Studium erst beginnen und von seinem Inhalte und Wesen höchstens eine dunkle Ahnung, eine vielleicht auf irrigen Prämissen ruhende, unbestimmte Vorstellung besitzen können? Und dann verhehle man sich die Thatsache nicht, und man hat keinen Anlass sie sich zu verhehlen, da sie eine menschlich begreifliche und verzeihliche ist, also man verhehle sich die Thatsache nicht, dass es auch unter den Studierenden der Neuphilologie gar manche giebt, welche dies Studium nicht aus innerem Drange, sondern nur in Folge zufälliger Verhältnisse, namentlich aber desswegen ergriffen haben, weil es ziemlich günstige Aussicht auf rasche Anstellung und gutes Fortkommen bietet, welche also die Wissenschaft eben nur als Mittel zum Broterwerb betrachten und folglich, wenn sie nicht auf der Universität zu einem besseren Sein bekehrt werden, nur soviel und solange mit der Wissenschaft sich abgeben, als unbedingt nöthig ist, um das Examen zu passiren und in den sichern Hafen einer mit so und soviel Hunderten oder Tausenden Mark dotirten Schulstellung einzuschlüpfen. Schlimm, sehr, sehr schlimm wäre es, wenn solche Leute in grosser Zahl in den Lehrercollegien unserer höheren Schulen sich einnisteten. Das wäre — es bedarf das keines Beweises — der Ruin dieser Schulen und damit der Ruin unserer Cultur, es wäre das Herabsinken in den crassesten, widerwärtigsten Materialismus, es wäre, mit einem Worte, etwas Entsetzliches. Das m u s s verhütet werden. Verhütet werden kann es aber nur dann, wenn durch den akademischen Unterricht auch in diesen Brotstudenten der Sinn für das Ideale erweckt wird, wenn auch in ihrer Brust die Begeisterung entzündet wird für die hohe und heilige Wissenschaft, wenn sie gepackt werden durch das Wort des Lehrers und angeregt werden zu einem akademischen Studium, das ein anderes Ziel kennt und erstrebt, als Füllung des Magens und Beutels. Und warum sollte das nicht möglich sein? In j e d e m deutschen Herzen wohnt ja, wenn auch oft schlummernd, der Sinn für das Ideale, und wer eine Jugendbildung empfangen, welche zum Eintritt in die Universität befähigt, der m u s s auch fähig sein zu einem wahren Studium der Wissenschaft und d a r f die Universität nicht verlassen als ein mit akademischem Firniss überstrichener Handwerker.

Anregen also zu wissenschaftlichem Studium, begeistern für die Wissenschaft, packen und zünden soll der akademische Unterricht,

Männer soll er heranbilden, die ihr ganzes Leben und Streben opferbereit dem Dienste der Wissenschaft weihen und in diesem Dienste die Freude ihres Lebens finden. Das kann aber nur geschehen, wenn der Unterricht selbst ein von Begeisterung getragener ist, wenn er ein solcher ist, der von Herzen kommt und zu Herzen geht, wenn er nicht die goldenen Früchte des Wissens in rohgeformten, jeglichen Schmuckes entbehrenden Schalen darbietet. Gewiss, kein schöngeistiger Rhetor, kein phrasenschmiedender Salonredner soll der akademische Lehrer sein, aber ein Meister soll er sein in der wahren Kunst des Vortrages, auf dass er das ästhetische Gefühl seiner Zuhörer nicht verletze und verbilde, er soll nicht meinen, ein Anrecht zur Misshandlung der edeln deutschen Sprache und zur Vernachlässigung der stylistischen Form zu besitzen, er soll es nicht für unter seiner Würde erachten, Sprachsünden zu meiden und über Gedankenlosigkeiten in der sprachlichen Form sich zu schämen. Klarheit und künstlerische Gliederung des Vortrages schliessen die Wissenschaftlichkeit nicht nur nicht aus, sondern schliessen dieselbe vielmehr ein. In früheren Zeiten, in denen man allenthalben derart an Geschmacklosigkeiten gewöhnt war, dass man sie gar nicht mehr als solche empfand, da mochte der in der Form völlig verwahrloste, holprige und stockende Vortrag eines Professors allenfalls ertragen werden, wenn nur sein Inhalt ein gediegener war; in unserer Zeit aber, in welcher — Gott sei Dank! — das ästhetische Gefühl endlich wieder aufzuleben beginnt, in welcher Auge und Ohr der Gebildeten wieder feinere Empfindungsfähigkeit erhalten haben für das Schöne und Unschöne, da ist die vernachlässigte Form des Vortrages etwas, was nicht mehr unbeachtet bleibt, da kann der ungeschickte Redner, und wenn er auch Perlen der Gelehrsamkeit ausschüttete, Vielen, namentlich den erst Beginnenden, die Freude an der von ihm behandelten Wissenschaft verleiden und sie für immer hinaustreiben aus seinem Hörsaale. Gerade der Docent, welcher das Bewusstsein hegen darf, dass er seinen Schülern gediegenstes Wissensmaterial und trefflichste Methode überliefert, sollte sich besonders bemühen, für diesen herrlichen Vortrags*inhalt* eine angemessene, die Hörer anziehende, mindestens nicht abstossende Form zu finden. Thut er es nicht, nun so werden eben nur die wenigen schon Einsichtigeren und Gereifteren bei ihm ausharren, welche aus der farblosen, rauhen Schale den köstlichen Kern herauszulösen verstehen; die Andern werden ihn verlassen und vielleicht den Hörsaal eines seiner Fachcollegen aufsuchen, welcher an gründlicher Gelehrsamkeit mit ihm nicht entfernt sich vergleichen kann, aber die Gabe einer gefälligen Darstellung besitzt. Das schädigt die Wissenschaft. Ich meine, es sollte jede Universitätsvorlesung auch formal so beschaffen sein, dass die Zuhörer ihr sowol mit Genuss beiwohnen als auch mit Genuss an sie zurückdenken. Dann schlägt das Gute, welches sie inhaltlich bietet, tiefere Wurzeln und besitzt eine belebendere, fruchttreibendere Kraft.

Die Organisation unserer deutschen Hochschulen bringt es mit sich, dass in derselben Vorlesung sich Studierende aus allen Semestern zusammenfinden, „Füchse" neben „bemoosten Häuptern" sitzen. Das legt dem Docenten die Pflicht auf, seinen Vortrag für alle verständlich einzurichten, wofern er nicht ausdrücklich das betreffende Colleg nur für Anfänger oder nur für Gereiftere bestimmt hat. Es würde ein schwerer Fehler sein, immer so dociren zu wollen, als wenn alle Zuhörer sich bereits auf einem vorgerückteren Standpunkte und im Vollbesitze der fachwissenschaftlichen Vorkenntnisse befänden. Auch der akademische Lehrer muss des allgemein pädagogischen Grundsatzes eingedenk sein, dass man nicht mit zu grossen Voraussetzungen an den Unterricht gehen soll. —

Die meisten der Studierenden der Neuphilologie beabsichtigen, neusprachliche Lehrer an höheren Schulen zu werden. Diese Thatsache darf der neuphilologische Docent weder allzu sehr berücksichtigen noch aber auch sie völlig ignoriren. Eine direkte Dressur für das Lehramt wäre ebenso der Universität unwürdig wie den höheren Schulen selbst nachtheilig. Denn die Universität soll in erster Linie wahrhaft wissenschaftliche Bildung, Gelehrsamkeit im edelsten Sinne des Wortes geben, und wenn sie dies thut, so bereitet sie zugleich für den Lehrerberuf am besten vor, denn der beste Lehrer wird immer der sein, der aus dem reichsten und am methodischsten geordneten Schatze des Wissens schöpft, vorausgesetzt, nur dass er jene pädagogische Begabung besitzt, welche kein Unterricht, sondern nur die Natur verleihen und Uebung vervollkommnen kann. Aber nützlich ist es doch gewiss, wenn der Universitätslehrer, namentlich derjenige, welcher selbst auch als Gymnasial- oder Realschullehrer thätig gewesen ist, die Bedürfnisse des praktischen Lehrers soweit berücksichtigt, als es ohne Nachtheil für streng wissenschaftliche Bildung geschehen kann, und wenn er gelegentlich oder vielleicht auch in einer besondern Vorlesung seine Anschauungen darüber ausspricht, in welchem Umfange und in welcher Form die Ergebnisse der neuphilologischen Wissenschaft für die Praxis des Unterrichtes verwerthet werden können, bzw. müssen. Es wird dadurch den Studierenden der einstige Uebergang von der Theorie zur Praxis wesentlich erleichtert und dazu beigetragen werden können, dass gerade die Begabteren unter ihnen nicht mit einer gewissen Abneigung in die Schulclassen eintreten, meinend, der Jugendunterricht sei eine ihrer Gelehrsamkeit zu unwürdige Beschäftigung und sie seien zu etwas Höherem berufen. Gerade in der Neuphilologie ist es sehr wünschenswerth, dass der Studierende schon auf der Universität eine gewisse Anweisung für seine künftige Lehrerthätigkeit erhalte, da sich im neusprachlichen Unterricht noch keine so festen und bewährten Normen und Traditionen ausgebildet haben, wie beispielsweise im classisch-philologischen, und folglich der junge neusprachliche Lehrer sehr leicht in peinliche Ungewissheit über den einzuschlagenden Weg gerathen, vielleicht den Muth verlieren und aus einer Art Verzweiflung zu den so herrlich bequemen Lehrbüchern, wie Plötz oder Ahn, greifen kann. —

Die wissenschaftliche Thätigkeit des Studierenden der Neuphilologie muss selbstverständlich vorwiegend eine receptive sein: er soll ja eben Wissensstoff und Methodik in sich aufnehmen. Aber eine **rein** receptive Thätigkeit wäre doch, wie jede einseitige Beschäftigung, von grossem Uebel, eine gewisse Productivität muss, wenigstens in den späteren Semestern, ausgleichend mit ihr verbunden werden. Die geeignete Stätte hierfür sind die französisch-englischen Seminare. Ich sage „französisch-englische", nicht, wie meist die übliche Benennung ist, „romanisch-englische", weil ich glaube, dass man wohl daran thut, sich auf Französisch und Englisch im Seminar zu beschränken, nicht etwa noch Italienisch und Spanisch heranzuziehen. Mindestens dürfte auf kleineren Universitäten sich dies Verfahren empfehlen, da deren Neuphilologen fast durchweg auf ein Schulamt, nicht auf die akademische Doction aspiriren. An sich sind ja ohne Zweifel italienische oder spanische oder sonstige romanische Uebungen vollberechtigt und höchst erspriesslich, aber um ihretwillen die französischen Uebungen zu schmälern, welche doch ohne Zweifel den nächsten Anspruch auf Berücksichtigung haben, scheint mir nicht richtig. Unbenommen bleibt es ja dem Docenten, neben dem Seminare in einzelnen Semestern noch in einer „Gesellschaft" oder einem „Kränzchen" italienische oder spanische Stoffe behandeln zu lassen, wenn er besondern Werth darauf legt oder wenn einzelne Studierende ihn darum ersuchen. Aber für das Seminar beschränke man sich auf Französisch (einschliesslich des Provenzalischen) und ziehe höchstens subsidiär die übrigen romanischen Sprachen heran. Das Französische bietet ja auch in seiner Dialektvielfältigkeit, seiner Formenfülle und seiner fast unabsehbar umfangreichen Litteratur einen so reichen Stoff dar, dass man in der That von einem *embarras de richesse* sprechen kann. Das Gleiche lässt sich übrigens auch von dem Englischen sagen. —

Hauptaufgabe des Seminars muss, wie schon angedeutet, sein, die Studierenden zur wissenschaftlichen Productivität oder, um klarer zu sprechen, zu selbständiger methodisch wissenschaftlicher Thätigkeit anzuleiten. Der Docent soll in den Seminarübungen die methodischen Grundsätze, welche er in den Vorlesungen nur theoretisch entwickeln und durch Beispiele erläutern kann, den Studierenden, so zu sagen, in Fleisch und Blut überleiten, indem er sie dieselben in eigenen Arbeiten zur Anwendung und Einübung bringen lässt. Am besten, und desshalb auch am gewöhnlichsten, werden den Seminarübungen französische, bzw. englische Texte zu Grunde gelegt, da mit der Uebersetzung und Interpretation derselben am füglichsten die Erörterung und Untersuchung sowohl grammatischer wie litterargeschichtlicher Fragen verbunden werden kann, wobei gelegentliche Excurse in ferner liegende Gebiete keineswegs zu scheuen sind, wenn sie für die Uebung in der Methodik besonders geeignetes Material bieten. Die Auswahl der Texte ist vielleicht noch discutirbar, jedenfalls ist die Neuphilologie, wie bei ihrer Jugend sehr begreiflich, noch nicht dazu gelangt, einen so feststehenden und allgemein anerkannten Kanon von Schriftwerken aufzustellen, wie die classische Philologie durch jahrhundertlange Tradition ihn besitzt. Ausgeschlossen wissen möchte ich Chrestomathien, mindestens für das Französische, denn im Englischen dürften sie bei dem fühlbaren Mangel an brauchbaren Einzelausgaben auch für das Seminar noch nicht zu entbehren sein. Ich verkenne keineswegs den grossen Nutzen, den das Studium so trefflicher Werke, wie Bartsch's Chrestomathie und Meyer's Recueil es sind, gewährt, sondern meine vielmehr, dass jeder Studierende wenigstens eines dieser Werke besitzen und durch privates Studium sich mit seinem reichen Inhalte vertraut machen sollte. Aber für das Seminar wähle man im Französischen vollständige Texte. Den nächsten und begründetesten Anspruch auf Berücksichtigung besitzt gewiss — ganz abgesehen von seinem ästhetischen Werthe, der mir kein absolut hoher zu sein scheint — das Rolandslied, schon weil für dasselbe der kritische Apparat am vollständigsten vorliegt und in naher Zukunft noch vollständiger vorliegen wird. Das Rolandslied eignet sich in hohem Maasse dazu, für die französische Philologie das zu sein, was Homer für die griechische ist, denn es bietet eine unerschöpfliche Fülle von Material für textkritische, grammatische, metrische und litterargeschichtliche Arbeiten dar und giebt zugleich den trefflichsten Ausgangspunkt für das Studium der umfangreichen altfranzösischen Karlsepik überhaupt. Dazu kommt, dass seine Sprache keine allzuschwierige, sondern eine selbst Anfängern, namentlich mit Zuhülfenahme der Gautier'schen Ausgabe, leicht verständliche ist. Ausser dem Rolandsliede sollten möglichst in jedem Seminarcursus zur Behandlung gelangen vor Allen die ältesten Sprachdenkmäler (in der ebenso gediegenen wie handlichen Ausgabe von Koschwitz) und das Alexiuslied, für welches ja der textkritische Apparat vollständig und leicht erreichbar vorliegt; sodann eine Dichtung Crestien's von Troyes (so lange freilich die sehnlich erwartete kritische Gesammtausgabe Cr.'s von Förster nicht vorliegt, ist man auf den Chevalier au lyon beschränkt). Dazu könnte etwa noch treten der Roman de Thèbes, falls die in Aussicht stehende Ausgabe von Constans besser ausfällt, als man nach den Proben, die er in seinem Buche über die Oedipuslegende gegeben, erwarten kann. Es würde durch die Hinzunahme dieser Dichtung nämlich für die Einführung in das Studium des antiken Sagenkreises der altfranzösischen Epik ein ähnlicher Ausgangspunkt gewonnen werden, wie für dasjenige der Karlsepik im Rolandslied und für dasjenige der Artus-Graal-Epik in Crestien von Troyes. Besser freilich würde dies im Roman de Troie geschehen, indessen die einzige Ausgabe desselben (von Joly) ist für Seminarzwecke nicht brauchbar, überdies auch zu theuer. Zu diesen poetischen Texten sollte, wenn möglich, noch hinzukommen ein Prosatext, etwa Villehardouin's oder Joinville's Geschichtswerk oder auch eine gut angelegte Sammlung von Urkunden, — wenn eine solche vorhanden sein wird. Es bedarf nicht erst der Bemerkung, dass auch Anderes sich mit Vortheil benutzen lässt, so z. B. das Voyage de Charlemagne ed. Koschwitz, Philippe's de Thaün Cumpoz ed. Mall, Richars li Biaus ed. Förster, Aïol et Mirabel ed. Förster, Li Chevaliers as dens espees ed. Förster, der Münchener Brut, Wace's Roman de Rou (wenn nur Andresen's Ausgabe nicht so theuer wäre!) und, was Prosa anlangt, li Dialoge Gregoire lo Pape ed. Förster und der Prosaroman von Joseph von Arimathia ed. Weidner. Manche der genannten Werke leiden freilich (für Seminarzwecke) an dem Uebelstand, dass die von den Herausgebern geführten gründlichen und ergebnissreichen Untersuchungen wenig mehr zu thun übrig lassen. Dass noch manches Andere gewählt werden könnte (wie z. B. zur Einführung in die Mysteriendichtung das Mystère d'Adam), braucht nicht erst gesagt zu werden. Als Anfangslectüre — also für das Proseminar, wo ein solches besteht — eignet sich vorzüglich Aucassin et Nicolete ed. Suchier. Unter den neufranzösischen Texten sind in erster Reihe Molière's Lustspiele und La Fontaine's Fabeln in Bezug auf Inhalt und namentlich auch auf Sprache der Berücksichtigung werth. Unter den ersteren freilich gilt es wieder auszuwählen, wobei ich l'Etourdi, le Dépit amoureux, les Précieuses ridicules, les Femmes savantes, l'Ecole des Femmes und Don Juan bevorzugen möchte als Stücke, welche wegen ihrer Beziehungen zu dem italienischen, bzw. spanischen Drama oder zu dem Précieusenthum oder endlich (l'Ecole des Femmes) wegen des durch sie veranlassten litterarischen Streites besonderes Interesse haben; daneben etwa noch den Avare wegen seines theilweisen Abhängigkeitsverhältnisses zu Plautus. Neben Molière und La Fontaine wäre vorzüglich Corneille in's Auge zu fassen, wobei man gut thun würde, ausser den classischen Tragödien (von denen der Cid am fruchtbringendsten sich verwerthen lässt, besonders seitdem Förster einen Abdruck des spanischen Originals herausgegeben) den Lustspielen und der Erstlingstragödie Médée Beachtung zu schenken. Endlich darf Boileau's Art poétique nicht vergessen werden, ja vielleicht sollte dies Werk, aus dem sich ja so ungemein viel lernen lässt und dessen Studium für jeden Neuphilologen unerlässliche Pflicht ist, vor allen andern Berücksichtigung erfahren. Ueber das Zeitalter Ludwig's XIV in Seminarübungen hinauszugehen, wird aus mehrfachen Gründen nicht wohl möglich sein, und es erscheint mir auch als nicht nothwendig, da ja die für die neufranzösische Philologie gültigen methodischen Grundsätze an den genannten Werken hinreichend entwickelt und geübt werden können. Will und kann man indessen auch die spätere Litteratur berücksichtigen, so würde ich es für das angemessenste halten, dass man ein hervorragendes Werk (namentlich ein Drama, z. B. „Cromwell") Victor Hugo's

5*

auswählte, um in die Sprache, Diction, Metrik und Stoffbehandlung der romantischen Schule einzuführen. Eins noch ist zu erwähnen. Ein eigenartiges und hohes Interesse besitzen die französische Sprache und Litteratur des 16. Jahrhunderts. Gleichwohl meine ich, dass ihre Behandlung, wenigstens gegenwärtig, den Vorlesungen und dem Privatstudium überlassen bleiben kann, bei welchem letzteren ja das bekannte Handbuch von Darmesteter und Hatzfeld ein treffliches Hülfsmittel abgiebt.

Für das im Seminar betriebene Studium des Provenzalischen, das nicht unterlassen, aber doch auch nicht zu weit ausgedehnt werden sollte — im Wesentlichen wird man als leitenden Gesichtspunkt festzuhalten haben, dass dies Studium nicht Selbstzweck, sondern nur Hülfsmittel für das gründlichere Verständniss des Französischen sei —, darf man sich, da hier also nur mehr elementare Zwecke zu erreichen sind, mit Benutzung des Bartsch'schen Lesebuches oder des Meyer'schen Recueil begnügen. Ein tiefer eindringendes Studium, welches ich selbstredend nicht von der Universität verbannt, sondern nur aus dem Seminar in besondere Vorlesungen, bzw. Uebungen, verlegt wissen will, wird sich natürlich an die Lectüre vollständiger, kritisch behandelter, bzw. zu behandelnder Texte anschliessen müssen.

Für Seminarübungen im Altenglischen stehen bei weitem nicht so viele brauchbare und kritische Ausgaben von Einzelwerken zur Verfügung, wie im Altfranzösischen, und man wird sich deshalb vorläufig des wenigstens zeitweisen Gebrauches von Chrestomathien kaum entschlagen können. Unter diesen ist wohl das Lesebuch Zupitza's das empfehlenswertheste, denn dasjenige Wülcker's ist, um nur von Aeusserlichkeiten zu sprechen, zu umfangreich angelegt — obwol es das Angelsächsische ausschliesst — und für die meisten Studenten zu theuer. Aehnliches gilt auch von den Handbüchern Sweet's, Morris' und Skeat's, so brauchbar auch namentlich des ersteren Anglosaxon Reader ist. Für das Angelsächsische übrigens kann man Chrestomathien entbehren, da das Beóvulfslied, welches ja vor allen Dingen zu berücksichtigen sein wird, in mehrfachen, allen berechtigten Wünschen genügenden Ausgaben vorliegt, bzw. in naher Zukunft vorliegen wird, und da durch Zupitza's treffliche Ausgabe der Cynewulf'schen Elêne auch für die Bedürfnisse der Anfänger gesorgt ist. Auch sonst ist ja auf angelsächsischem Gebiete Mehreres recht gut edirt worden. Schlimm aber steht es bezüglich der im engeren Sinne „alt-, bzw. mittelenglisch" genannten Periode. Die Ausgaben der Early English Text Society, auf welche man zunächst angewiesen ist, lassen zum grossen Theile in textkritischer Beziehung viel zu wünschen übrig und haben einen zu hohen Preis. Dasselbe gilt auch von manchen sonstigen Publicationen. Für einzelne Theile des Piers the Plowman und Chaucer's Canterbury Tales hat man wenigstens die in Ermangelung von besseren brauchbaren Ausgaben in den oxforder Clarendon Press Series, welche jedenfalls zu benutzen sein werden, wenn man, was durchaus nothwendig, die genannten Dichtungen behandelt. Neuenglische Uebungen werden sich vorzugsweise auf Shakespeare (den man gar nicht genug treiben kann, und zwar keineswegs bloss aus ästhetischen, sondern namentlich auch aus rein philologischen Gründen!), bzw. auf die Dramatiker des Elisabethanischen Zeitalters (unter denen wieder Marlowe, Lyly und Ben Jonson die dankbarsten Stoffe darbieten) zu concentriren haben. Von Shakespeare's Dramen wird, wegen Tycho Mommsen's herrlicher, inhaltsschwerer Ausgabe, Romeo and Juliet das zunächst und vor allen in Frage kommende sein. Ein Weiterschreiten in die Litteratur der neueren Zeit wird, wie im Französischen, so auch im Englischen im Seminare sich kaum ermöglichen lassen. Wo und wenn es aber möglich ist, würden wohl Milton, Pope, Swift, Byron und Dickens — letzterer wegen seiner interessanten, mit Familiarismen und Provinzialismen, bzw. Londonismen durchsetzten Sprache — zunächst zu berücksichtigen sein, freilich aber wird sich bei der Behandlung aller dieser Autoren der fast gänzliche Mangel an geeigneten Vorarbeiten, namentlich was die sprachliche Seite anlangt, empfindlich geltend machen. — Dankbaren, manchen Docenten vielleicht aber nicht sympathischen Stoff für Seminarübungen im neueren Englisch würde auch die Behandlung von Autoren gewähren, deren Sprache schottisches oder amerikanisches Colorit trägt.

Ich meine nicht, dass die Seminarübungen sich lediglich auf Kritik und Interpretation von Texten und daran sich knüpfende Excurse beschränken dürfen, wenn dieselben auch durchaus das Centrum und die Hauptsache abgeben müssen. Für eine nicht zu vernachlässigende, sehr fruchtbringende Uebung halte ich vielmehr auch, dass die Seminaristen zeitweilig ausgewählte Capitel aus der historischen Grammatik und der Litteraturgeschichte in sorgfältig ausgearbeiteten Vorträgen behandeln und dass sich daran eine möglichst allseitige, selbstverständlich vom Docenten geleitete Discussion anschliesst. Es wird sich dadurch Gelegenheit finden, Manches aufzuklären, was den Einzelnen bei den Vorlesungen und beim Privatstudium dunkel geblieben war oder von ihnen missverstanden wurde, und überhaupt können solche Uebungen sehr nützliche Repetitorien sein. Jedenfalls aber müssen die Seminaristen fleissig zu schriftlichen Arbeiten angehalten werden, auch zu solchen, die nicht im Seminar zum Vortrag oder sonst zur Verwendung gelangen. Freilich erwächst daraus dem Docenten eine unter Umständen beträchtliche Correkturenlast, indessen die Sache ist von zu grosser pädagogischer Wichtigkeit, als dass sie dieses Uebelstandes wegen unterbleiben dürfte. Die Verhandlungssprache im Seminar darf allerdings, meine ich, um die Wissenschaftlichkeit der Uebungen nicht zu schädigen und Kraft und Aufmerksamkeit nicht zu zersplittern, nur die deutsche sein, aber möglich wäre es wohl, dass die Seminaristen veranlasst würden, in regelmässigen Terminen französische und englische Aufsätze, wenn auch von beschränktem Umfange und gleichgültigem Inhalte, abzufassen, um nicht ganz aus der Uebung des fremdsprachlichen Schreibens herauszukommen, beziehentlich in dieselbe hineinzukommen. Auch darf der Docent im Seminar nicht versäumen, da, wo es durch die Sache nahegelegt wird — also etwa bei der Interpretation Molière's oder Shakespeare's —, auf modernen französischen, bzw. englischen Sprachgebrauch und dessen Verhältniss zu dem älteren hinzuweisen.

Jedes Seminar muss im Besitz einer Handbibliothek und eines eigenen, während des ganzen Tages benutzbaren Arbeitszimmers sein, wie das thatsächlich wohl auch meist der Fall ist. Wünschen würde ich, dass, wenn die Mittel es erlauben, in die Bibliothek neben den wissenschaftlichen Werken und Zeitschriften auch eine Anzahl guter belletristischer Werke aufgenommen würde, um die Lectüre derselben, die doch schon aus praktischen Gründen so empfehlenswerth ist, aber nur allzu oft gar sehr vernachlässigt wird, den Studierenden zu erleichtern. Namentlich wäre dies in kleineren Universitätsstädten zu wünschen, da dort derartige Werke, wie ich aus eigenster Erfahrung weiss, oft sehr schwer oder auch gar nicht aufzutreiben sind. Ein nothwendiger Bestandtheil jeder Seminarbibliothek ist ferner eine möglichst reichhaltige Sammlung von Photographien altfranzösischer, bzw. altenglischer Handschriften, bzw. Handschriftenblätter, ein Apparat, der sich ja jetzt, namentlich durch Stengel's und Förster's hochverdienstliche Bemühungen, in methodischer Zusammenstellung zu sehr billigem Preise beschaffen lässt. Ein durch die Pietät geforderter Schmuck jedes neuphilologischen Seminarzimmers endlich ist ein Bildniss von Diez, dem Begründer der neuphilologischen Wissenschaft. —

Die beiden gefährlichsten Klippen des akademischen Studiums sind Zersplitterung einerseits und allzu frühe und allzu grosse Specialisirung andererseits. Der Student muss die Kunst maassvoller Beschränkung lernen und der Docent muss ihm darin Leiter und Berather sein. In den ersten Semestern mag es nicht allzuviel schaden, im Gegentheile einigen Nutzen bringen, einmal weitere Umschau zu halten, und selbst mit ferner liegenden Gebieten der Wissenschaft sich bekannt zu machen: das erweitert in heilsamer Weise den Gesichtskreis und gewährt mancherlei für das spätere Leben fruchttragende Anregung. Besonders zu billigen ist, dass in den früheren Semestern Wissensgebiete näher erkannt werden, welche mit der Fachwissenschaft in innigem Zusammenhange stehen, dass z. B. der neuphilologische Student sich eingehender mit Geschichte oder mit Sprachvergleichung beschäftigt. Aber etwa vom vierten Semester ab muss der Student sich möglichst auf seine Fachwissenschaft concentriren und auch innerhalb dieser sich wieder ein Specialgebiet zu besonders intensivem Studium erkiesen. Bei dem gegenwärtigen Zustande der Wissenschaft, der eine in die Tiefe gehende, sorgsame Detailarbeit erfordert und ein Haften an der Oberfläche nicht duldet, ist der an sich rühmliche Ehrgeiz, ein möglichst weites Wissensgebiet zu beherrschen, höchstens nur dem noch gestattet, dem es vergönnt ist, ganz unbehemmt durch äussere Rücksichten sich der Wissenschaft widmen zu können, nicht aber dem, der gegen sich selbst und gegen Andere die Pflicht hat, unmittelbar nach Beendung des Universitätsstudiums in ein Schulamt einzutreten. Ueberhaupt aber muss man in unserer Zeit den Muth des Nichtwissens und selbst den des Nichtwissenwollens besitzen, wenn man in einem Fache gründliches Wissen erwerben will. Für nicht wohlgethan halte ich es also, wenn ein Neuphilologe, der neusprachlicher Lehrer werden will, sich während seiner ganzen Universitätszeit mit allen romanischen, bzw. germanischen Sprachen und Litteraturen beschäftigt und daneben vielleicht noch weitschichtige historische oder philosophische Studien treibt. Er wird damit über den Dilettantismus nicht hinauskommen und wird von Glück sagen können, wenn er in der Staatsprüfung nicht gänzlich Schiffbruch leidet. Ich meine vielmehr, der auf ein Schulamt reflectirende Neuphilolog solle sich im Wesentlichen auf das wahrlich hinlänglich umfangreiche Studium des Französischen, bzw. Englischen, beschränken. Keineswegs freilich, als ob er nur Französisch, bzw. Englisch, treiben und sein Fachstudium mit einer chinesischen Mauer umgrenzen solle! Im Gegentheile, er kann und soll sogar noch mancherlei Anderes treiben, aber nur nebensächlich und immer mit Hinblick und Bezugnahme auf sein Hauptfach, das für ihn der feste Mittel- und Kernpunkt bleiben muss, um den sich für ihn Alles gruppirt.

Gefahrvoller noch, als Zersplitterung, ist vorzeitige und allzu grosse Specialisirung. Ich habe zur Zeit, als ich classische Philologie studierte, Commilitonen gekannt, welche, befangen in einer — wie nicht erst gesagt zu werden braucht — gänzlich falschen Auffassung der Lehre eines mit vollem Rechte hochgefeierten Meisters philologischer Wissenschaft, sich von vornherein auf ein enges Gebiet beschränkten und dasselbe im Laufe der Semester nach allen Richtungen hin durcharbeiteten, mit allem Uebrigen aber sich höchstens nur soweit beschäftigten, als eben für das Examen absolut nothwendig war. So weit meine Erfahrung reicht, sind aus diesen Studenten nicht einmal in ihrem Specialfache sonderlich ausgezeichnete Gelehrte und noch weniger tüchtige Lehrer geworden; von manchen aber weiss ich, dass sie das geworden sind, was man vulgär, aber bezeichnend „Pauker“ und „Bierphilister“ nennt. In der romanisch-(französisch-)englischen Philologie nun ist bis jetzt in Folge der Jugend dieser Wissenschaft eine derartige übertriebene Specialisirung wohl kaum noch jemals vorgekommen. Aber dass es in Zukunft geschehen könnte, erscheint mir als recht wohl denkbar, seitdem innerhalb der romanisch-(französisch-) englischen Gesammtphilologie einzelne Gebiete — z. B. Lautlehre, Rolandslied, Molière; Cynewulf, Chaucer, Shakespeare — besonders intensiv gepflegt werden und fast zu besonderen Wissenschaften sich entwickelt haben. Als ein schweres Unheil würde ich es nun betrachten, wenn ein Student der Neuphilologie sich von vornherein systematisch und möglichst ausschliesslich auf ein solches Specialgebiet beschränken und auf ein encyklopädisches Studium verzichten wollte, denn es würde dadurch nicht bloss die wirklich wissenschaftliche Berufsbildung, sondern auch die allgemein menschliche Bildung in Frage gestellt werden. Arbeitstheilung ist ohne Zweifel auch in der Wissenschaft nothwendig und unvermeidlich, aber sie darf keine fabrikmässig mechanische sein. In der Industrie mag es angehen, dass der eine Arbeiter nur den einen, ein anderer nur einen anderen Bestandtheil des herzustellenden Objektes anfertigt, ohne eine Ahnung davon zu haben, wie aus den Theilen, z. B. einer Maschine, schliesslich das Ganze zusammengesetzt wird. Möglich ist das, praktisch ist es auch, ein idealer Zustand freilich ist es gewiss nicht. In der Wissenschaft aber ist es weder möglich noch praktisch. Denn auf ihrem Gebiete kann eine gute Specialarbeit nur derjenige liefern, dessen Blick, bis zu gewissen Grenzen wenigstens, das Ganze zu überschauen und die Beziehungen zwischen dessen einzelnen Theilen zu erkennen vermag. Einseitige Specialisten sind keine Gelehrten, sie sind nur Handlanger, welche den wahren Gelehrten Baustoff zuführen, und zwar oft recht schlechten.

Also der Studierende hüte sich vor einseitigem, vorzeitigem und engherzigem Specialisiren und wolle seine Trägheit — denn Trägheit ist schliesslich das Motiv so verkehrten Handelns — nicht beschönigen mit allerlei Redensarten von Wissenschaftlichkeit und von Methode. Eine gute encyklopädische Bildung ist innerhalb der Wissenschaft im Allgemeinen und einer jeden Fachwissenschaft im Besondern die conditio sine qua non für gute Specialarbeit.

Allerdings soll der Studierende der Neuphilologie in späteren Semestern sich durchaus ein Specialgebiet, vielleicht selbst ein eng begrenztes, zu allseitiger methodischer Durcharbeitung und selbständiger Durchforschung erwählen, aber erst nachdem er auf dem Gesammtgebiete sich annähernd orientirt hat und ohne über dem Theil oder dem Theilchen das Ganze zu vergessen. Man bedenke doch auch, dass für die Meisten die Universitätszeit die einzige Zeit ist, in welcher sie eine encyklopädische Ueberschau über ihre Gesammtfachwissenschaft sich erwerben können, denn im späteren Leben drängen die äusseren Verhältnisse ohnehin zur Specialisirung: der vielbeschäftigte Schulmann, der wissenschaftlich arbeiten will, muss sich nothgedrungen beschränken, wenn er überhaupt etwas erreichen will; auch stellen sich mit den zunehmenden Jahren ganz von selbst Neigung und Bedürfniss ein, dem Schweifen in die Weite zu entsagen und sich anzusiedeln auf einem engumgrenzten Fleckchen des Wissens. Wer demnach die Universitätszeit nicht ausbeutet für seine encyklopädische Ausbildung, wer schon da principiell einseitig wird, der bleibt zeitlebens ein unfertiger, zu wissenschaftlichem Tagelöhnerdienste verurtheilter Mensch.

Insbesondere muss vor einer Specialisirung gewarnt werden, welche, obwol es sich bei ihr um verhältnissmässig weite Gebiete handelt, doch zu einer gefährlichen Engigkeit des Wissens und zu grundverkehrten Anschauungen verleitet. Man betrachte Altfranzösisch (Altenglisch) und Neufranzösisch (Neuenglisch) nicht als getrennte oder auch nur als trennbare Gebiete, deren jedes für sich studiert oder von denen doch wenigstens ohne Nachtheil für das Gesammtergebniss das eine bevorzugt, das andere vernachlässigt werden könnte! Es wäre das ein verhängnissvoller Wahn. Nicht getrennte Gebiete sind Altfranzösisch (Altenglisch) und Neufranzösisch (Neuenglisch), sondern es sind die beiden unter einander auf das innigste zusammenhängenden Haupttheile eines grossen Gesammtgebietes, und sie lassen sich im Studium unmöglich von einander lösen, sondern das Studium des einen bedingt nothwendig das Studium des andern, so dass, wer sie trennen will, einen Organismus durchschneidet und sich selbst dazu verurtheilt, fortwährend nur an Stückwerk und Fragmenten herumzuarbeiten. Altfranzösisch kann allerdings bis zu einem gewissen Grade erfolgreich betrieben werden auch ohne tiefere Kenntniss des Neufranzösischen — wie man ja etwa auch Altnordisch treibt, ohne sich um die modernen nordischen Sprachen sonderlich zu kümmern —, aber doch eben nur bis zu einem gewissen Grade und auch nur in litterarhistorischer Richtung hin, denn in rein sprachlicher, bezugsweise grammatischer Beziehung wird dem mit dem Neufranzösischen nicht näher Vertrauten im Altfranzösischen gar Vieles räthselhaft und dunkel bleiben, was leicht zu durchschauen und zu erkennen vermag, wer die historische Fortentwickelung der Sprache überschauen kann. Neufranzösisch dagegen — das darf man kühn behaupten — kann, wenigstens in sprachlicher Hinsicht (denn in litterargeschichtlicher liegt allerdings die Sache etwas günstiger) überhaupt wissenschaftlich nicht erkannt und verstanden werden ohne gründliche Kenntniss des Altfranzösischen, bezugsweise ohne Kenntniss der die Entwickelung der französischen Sprache von ihrem Anbeginne an beherrschenden lautlichen, flexivischen und syntaktischen Tendenzen. Bleiben doch ohne dieselben viele der einfachsten Wortformen, Wortbildungen und Wortfügungen unerklärlich. Die ganze französische Flexionslehre ist nothwendigerweise für den ein Buch mit sieben Siegeln, der dem Altfranzösischen oder — was in diesem Zusammenhange dasselbe besagt — der französischen Sprachgeschichte kein eingehendes Studium gewidmet hat. Ein solcher Mann aber mag sonst recht gediegene Kenntnisse im modernen Französischen besitzen, er mag viele Litteraturwerke mit Verständniss gelesen haben und darüber geistvoll, vielleicht auch treffend zu urtheilen verstehen, er mag correkt aussprechen und elegant parliren, zum Lehrer des Französischen an einer höheren Schule taugt er dennoch nicht, denn von diesem muss man fordern, dass er sich klare Einsicht in den Bau und in die historische Entwickelung der Sprache erworben habe.

Von der noch nicht fern liegenden Zeit ab, in welcher die Neuphilologie überhaupt erst zu einer Wissenschaft ausgebildet wurde, bis zur unmittelbaren Gegenwart ist im akademischen Studium des Französischen ganz unleugbar das Altfranzösische gegenüber dem Neufranzösischen entschieden bevorzugt worden, wie schon die einfache Thatsache beweisen kann, dass gerade die hervorragendesten der gegenwärtig an den deutschen Hochschulen wirkenden romanischen, bzw. neusprachlichen Professoren sich ihren Ruhm zumeist durch ihre glänzenden Leistungen auf altfranzösischem Gebiete erworben haben. Diese Bevorzugung des Altfranzösischen war und ist vollberechtigt und nothwendig, so lange es galt und fernerhin noch gelten wird, zunächst die festen Grundlagen für die Wissenschaft der französischen Philologie zu legen. Wenn diese Grundlegungsarbeit einst vollzogen sein wird — zu einem Theile übrigens ist sie es bereits —, so wird ohne Zweifel dem Neufranzösischen, der Sprache sowohl wie der Litteratur, eine grössere Aufmerksamkeit und systematischere Pflege zugewandt werden. Und mancherlei Zeichen der Zeit scheinen mir darauf hinzudeuten, dass ein solcher theilweiser Umschwung innerhalb der französischen Philologie nicht mehr so fern ist, zumal da er auch durch das, wie in jedem andern, so auch im wissenschaftlichen Leben geltende Gesetz des Wechsels der Erscheinungsform bedingt wird. An sich wird es ja nun gewiss sehr erfreulich sein, wenn das Neufranzösische in der Folge ein Object intensiveren Studiums werden sollte, und ich meine, man hat auch ganz bewusst darnach zu streben, dass es geschieht, und wäre es auch nur, um die französische Philologie vor der Gefahr der Erstarrung zu bewahren, eine Gefahr, die allerdings augenblicklich noch in nebelhafter Ferne zu liegen scheinen kann und vielleicht auch wirklich liegt, möglicherweise aber dennoch näher ist, als man glauben möchte. Aber es wäre höchst beklagenswerth und würde einen bedauerlichen Rückschritt darstellen, wenn man dabei in ein Extrem verfallen, wenn man das Altfranzösische ungebührlich vernachlässigen, seine hohe Bedeutung unterschätzen sollte. Es muss daher immer und immer wieder den Studierenden die innige Zusammengehörigkeit des Altfranzösischen und Neufranzösischen zum lebendigen Bewusstsein gebracht, immer und immer wieder müssen sie darauf hingewiesen werden, dass das Studium des einen ohne das des andern ein unvollständiges und selbst ein unwissenschaftliches bleibt, dass aber namentlich die Erkenntniss der neufranzösischen Sprache ohne Kenntniss der altfranzösischen einfach unmöglich ist. —

Aehnlich, wie im Französischen, aber doch etwas anders, verhält es sich im Englischen. Auch hier hängen, wie bereits bemerkt, die Gebiete des Altenglischen und des Neuenglischen auf das engste zusammen und bedingen und erläutern sich einander gegenseitig. Auch hier nimmt gegenwärtig noch das Altenglische eine vor dem Neuenglischen bevorzugte Stellung ein, aber hier wird dieser Zustand noch geraume Zeit, und vielleicht selbst in noch erhöhtem Grade, fortdauern müssen, weil erst durch fortgesetzte intensive Beschäftigung mit der alten Sprache und Litteratur die noch vielfach fast ganz fehlende oder doch erst nur theilweise und, so zu sagen, provisorisch gewonnene Basis für das wissenschaftliche Studium des Neuenglischen errungen werden kann. Es ist eben die englische Philologie die beträchtlich jüngere, bei weitem noch nicht hinlänglich herangewachsene und erstarkte Schwester der französischen. Man wird sich dessen recht lebhaft bewusst bei dem Studium von Storm's trefflichen Buche „Engelsk Filologi", in welchem ein wahrer Schatz werthvollen Materiales aufgehäuft, ein systematischer Aufbau der jungen Wissenschaft aber nicht einmal versucht worden ist. —

Der auf den Eintritt in das Schulamt reflektirende Student der Neuphilologie soll durchaus seine Arbeitskraft und sein Streben möglichst auf das Studium des Französischen, bezw. Englischen concentriren, aber er soll nicht glauben — denn auch dies wäre eine falsche Specialisirung —, dass dies Studium sich als ein völlig isolirtes betreiben lasse. Es ist vielmehr für dies Studium eine gewisse Bekanntschaft mit den übrigen romanischen, bzw. germanischen Sprachen unbedingt erforderlich. Freilich wird es gerade hier gelten, weise Maasshaltung zu üben und nicht in Zersplitterung zu verfallen. In der Hauptsache wird man sich an einer encyklopädischen Uebersicht genügen lassen und auf alle Detailstudien verzichten müssen, nur dass von dem französischen Philologen das Provenzalische, von dem englischen das Gotische, womöglich auch das Altnordische, etwas eingehender betrieben werden muss. Sehr wünschenswerth wäre es auch, dass jeder Neuphilologe, namentlich aber der sich speciell mit dem Französischen beschäftigende, sich einige Fertigkeit in der Lecture des Italienischen und Spanischen erwürbe, um Werke in diesen Sprachen, durch welche die französische, bzw. die englische Litteratur beeinflusst worden ist, im Originale kennen zu lernen.

Und endlich ist noch Eins zu beachten.

Der classischen Philologie steht ergänzend und fördernd die Alterthumswissenschaft zur Seite, oft sogar, und nicht ohne Grund, geradezu als ein integrirender Bestandtheil der ersteren betrachtet. Ein schlechter classischer Philolog würde sein, wer mit den Staatseinrichtungen, den religiösen und ethischen Vorstellungen, den Sitten und Gebräuchen und endlich der Kunst der Völker des Alterthums nicht einigermaassen vertraut und dadurch zu einem wirklich sachlichen Verständnisse der classischen Schriftwerke befähigt wäre. Aehnliches muss der Neuphilolog für die Völker und die Zeiträume anstreben, mit deren Sprachen und Litteraturen er sich beschäftigt. Aber freilich ist diese Aufgabe, welche nichts weniger bedeutet, als eine Vertrautheit mit der Geschichte und insbesondere mit der Culturgeschichte des gesammten Mittelalters und der Neuzeit, eine so ungeheuere, dass sie wohl in der Theorie gestellt, aber ihre Erfüllung in der Praxis nicht gefordert werden kann. Kein Docent der Neuphilologie jedoch sollte unterlassen, seine Schüler auf die Wichtigkeit geschichtlicher und culturgeschichtlicher Studien nachdrücklich aufmerksam zu machen, bei litterargeschichtlichen Vorlesungen stets, soweit nöthig, die politische und Culturgeschichte zu berücksichtigen und bei Textinterpretationen die der Erklärung bedürftigen Realien auch wirklich zu erklären sowie auf die hierfür nützlichen litterarischen Hülfsmittel zu verweisen. Berücksichtigung des culturgeschichtlichen Elementes kann übrigens wesentlich dazu beitragen, dem neuphilologischen Studium auch in den Augen derer, welche mit der formalen Seite desselben sich weniger zu befreunden vermögen, Interesse zu verleihen und ihnen seine hohe Bedeutung zum Bewusstsein zu bringen. —

Einen détaillirten Plan für das neuphilologische Universitätsstudium entwerfen zu wollen, würde ein zweckloses Unternehmen sein, da doch die wenigsten Studierenden gerade mit dem Beginne eines Vorlesungscursus in die Universität eintreten, bezugsweise einen solchen vollständig durchhören können. Der sachgemässeste Gang des Studiums aber würde wohl folgender sein: 1. Semester. Encyklopädie und Methodologie der romanischen, bzw. germanischen Philologie mit besonderer Berücksichtigung des Französischen, bzw. Englischen. Der französische Neuphilologe hätte in diesem Semester am ehesten Zeit, sich mit den Elementen des Italienischen oder Spanischen bekannt zu machen und so den Grund für die Erwerbung der Lesefertigkeit in diesen Sprachen zu legen. Der englische Philolog aber sollte schon im ersten Semester das Studium des Gotischen beginnen, wenn auch zunächst mehr nur in elementarer Weise durch Aneignung der Formenlehre und Uebersetzungsübungen. 2. Semester. Französische (englische) Lautlehre. Daneben Fortführung des Studiums des Italienischen, bzw. des Spanischen, für den Gallicisten (um diesen Ausdruck zu brauchen), des Gotischen für den Anglicisten. 3. Semester. Französische (englische) Formenlehre. Elemente des Provenzalischen für den Gallicisten, des Altnordischen für den Anglicisten. Interpretation eines neufranzösischen (neuenglischen) Schriftwerkes (Molière, Shakespeare) in mehr elementarer Weise, da für eingehende Berücksichtigung z. B. der syntaktischen und metrischen Dinge noch viele Vorbegriffe fehlen. 4. Semester. Französische (englische) Syntax. Geschichte der älteren französischen (englischen) Litteratur. Interpretation leichterer altfranzösischer (altenglischer, d. h. angelsächsischer) Texte (Proseminar). 5. Semester. Geschichte der neueren französischen (englischen) Litteratur. Französische (englische) Metrik. Interpretation schwierigerer altfranzösischer (altenglischer) Texte im Seminar. 6. Semester. Französische (englische) Wortbildungslehre und Synonymik. Fortsetzung der Interpretation schwierigerer altfranzösischer (altenglischer) Texte (Seminar). Erklärung eines neufranzösischen (neuenglischen) Schriftwerkes.

Hierzu einige Bemerkungen: 1. Der aufgestellte Plan soll nur ein ganz allgemeiner und nur den Gang des specifisch französischen (englischen) Studiums berücksichtigender sein. 2. Er setzt voraus, dass die französische und die englische Philologie als gesonderte Fächer studiert werden, wie sich dies mehr und mehr als unabweisbare Nothwendigkeit herausstellen wird. Wenn das Studium beider Philologien vereinigt bleiben soll, müssten natürlich erhebliche Modificationen stattfinden. Einige Gegenstände könnten dann überhaupt nicht in besonderen Vorlesungen behandelt werden. Am ehesten könnten die Vorlesungen über französische (englische) Synonymik und englische Metrik in Wegfall kommen, da, was von diesen Materien unentbehrlich ist, allenfalls bei den Textinterpretationen gegeben werden kann. Andere Gegenstände müssten für beide Philologien gemeinsam in einem Colleg vorgetragen werden, was sich relativ am leichtesten bei der Encyklopädie und bei der neueren Litteraturgeschichte erreichen liesse; vielleicht liesse sich auch das Wesentlichste der Syntax in das Colleg über Formenlehre einflechten. Eine missliche Sache bleibt aber eine solche Zusammenschweissung zweier grosser Wissensgebiete immer, und Oberflächlichkeit ist dabei kaum zu vermeiden. 3. Im Plane habe ich sechs Semester als die normale Studienzeit angenommen; können, was sehr erwünscht ist, weitere Semester hinzutreten, so würden dieselben theils auf fortgesetzte Textstudien, bei denen dann auch die neuere Litteratur mehr zu berücksichtigen wäre, theils auf Repetitionen zu verwenden sein. 4. Die nothwendigen Studien in den Nebenfächern (Philosophie, Deutsch, Geschichte) würden thunlichst in die drei ersten Semester zu concentriren sein, für welche der Plan bezüglich des fachwissenschaftlichen Studiums nur mässige Anforderungen stellt. 5. Praktische Sprachübungen sind grundsätzlich aus dem Studienplane ausgeschlossen worden. Die Motivirung dafür wurde oben (S. 49 ff.) gegeben. 6. Metrik, Wortbildungslehre und Synonymik sind für die letzten Semester angesetzt worden, weil ihr Studium bedeutende sowohl grammatische wie litterargeschichtliche Vorkenntnisse erheischt. 7. Die im Plane angegebenen Vorlesungen halte ich sämmtlich für nothwendig, namentlich auch die litterargeschichtlichen, da es an brauchbaren wissenschaftlichen Handbüchern der Litteraturgeschichte noch so sehr mangelt und da durch die Lecture so verbreiteter Werke, wie etwa der von Kreyssig oder Taine, der Studierende zu seichter Oberflächlichkeit und ganz schiefen Auffassungen verleitet werden kann. 8. Wünschenswerth scheint es mir, dass die Geschichte des französischen und englischen Drama's, wenn möglich, in besonderen Vorlesungen behandelt werde. 9. Der Cyclus der grammatischen Vorlesungen muss mit einem kurzen, aber das Wesentliche scharf zusammenfassenden Abriss der Sprachgeschichte eingeleitet werden. 10. Wünschenswerth ist, besonders wenn der Docent selbst Gymnasial-, bzw. Realschullehrer gewesen ist und also die erforderliche pädagogische Erfahrung besitzt, eine Vorlesung über die Methodik des neusprachlichen Unterrichtes an den höheren Schulen. —

Ich kann — auch auf die Gefahr hin, lästiger Wiederholung angeklagt zu werden — diese Bemerkungen nicht schliessen, ohne noch einmal hervorzuheben: der Studierende der Neuphilologie gewöhne sich daran, Altfranzösisch (Altenglisch) und Neufranzösisch (Neuenglisch) als eine wissenschaftliche Einheit, als ein organisches Ganzes aufzufassen, er wende beiden Gebieten ein möglichst gleichmässiges Studium zu, er glaube nicht, dass er auf einem derselben mit oberflächlichem Umhertasten sich begnügen dürfe, namentlich aber glaube er nicht, dass ohne gründliche Kenntniss der altfranzösischen (altenglischen) Laut- und Formenlehre ein wissenschaftliches Verständniss des Neufranzösischen (Neuenglischen) möglich sei. Ohne andere Dinge zu vernachlässigen oder gar geflissentlich zu ignoriren, muss der neusprachliche Universitätsunterricht doch ganz besonders auf ein eindringendes Studium des Altfranzösischen (Altenglischen) und namentlich wieder der Laut- und Formenlehre desselben hinwirken, denn auf diesem Studium allein basirt die ganze neuphilologische Wissenschaft, und wer nicht durch die altfranzösische (altenglische) Schule hindurchgegangen ist, der bleibt ein neuphilologischer Dilettant sein Leben lang.

Ich habe in den vorstehenden Erörterungen nur solche Studierende der Neuphilologie berücksichtigt, welche die Erlangung der vollen Lehrbefähigung im Französischen, bzw. im Englischen, anstreben. Nun giebt es aber auch Studierende, welche, ihr Hauptstudium andern Wissensgebieten zuwendend, von vornherein im Französischen (Englischen) sich nur für die mittleren Classen die Lehrbefähigung zu erwerben beabsichtigen. Auch über sie werde ein Wort gesagt.

Ich gestehe ganz offen, dass ich mich mit dem Principe, für mittlere oder gar nur für untere Classen Lehrbefähigungen zuzuerkennen, durchaus nicht zu befreunden vermag. Denn ich meine, auch in unteren und mittleren Classen kann nur derjenige einen Wissenszweig wirklich gut und tüchtig lehren, der denselben möglichst voll und ganz beherrscht, ja es will mir scheinen, als benöthige gerade auf den untersten Stufen des Unterrichtes der Lehrer der gründlichsten Kenntniss des Unterrichtsgegenstandes, um mit sicherem Blicke das Wesentliche von dem Unwesentlichen scheiden, um mit pädagogisch umsichtiger Methode den festen Grund legen zu können, auf dem sich nach und nach das Wissen des Schülers aufbauen und aus einem mehr oder weniger nur mit dem Gedächtnisse erfassten zu einem mit dem Verstande begriffenen und rationell erkannten gestalten soll. Wie aber kann dieses Fortschreiten durch den Unterricht eines Lehrers vorbereitet werden, der selbst den Lehrstoff im Wesentlichen nur als einen gedächtnissmässigen, als einen dogmatisch aufgefassten besitzt, der z. B. die französischen (englischen) Verbalformen zwar kennt und anzuwenden weiss, aber über ihre Genesis nicht unterrichtet ist? Aber man macht für die Berechtigung der niederen Lehrfacultäten praktische Gründe geltend: es sei oft so wünschenswerth, dass etwa der Lehrer der Geschichte oder der Naturwissenschaften nebenbei in den unteren oder mittleren Classen Französisch (Englisch) docire, nur durch solche Einrichtung des Unterrichtes lasse sich zuweilen die annähernd gleichmässige Vertheilung der Correkturenlast bewerkstelligen, und was dergleichen Dinge mehr sind. Ich habe lange genug im praktischen Schulleben gestanden, um mich von der Triftigkeit dieser Gründe überzeugt zu haben und um zu wissen, dass, wie überall, so auch in der Organisation des Unterrichtswesens ideale Zustände sich wohl anstreben, aber nie voll verwirklichen lassen, dass Concessionen an die realen Verhältnisse unvermeidlich sind und dass das Bessere nicht der Feind des Guten sein darf. Und so glaube ich allerdings, dass die Ertheilung der mittleren Lehrfacultäten eine praktische Nothwendigkeit ist, deren Folgen übrigens dann so schlimm nicht sein werden, wenn der Lehrer, der sich solche erworben, ein verständiger und einsichtiger Mann ist, welcher sich die Vervollständigung seines Wissens angelegen sein lässt und sich in principiellen Fragen der Unterrichtsmethode willig dem Rathe eines erfahrenen Fachmannes fügt. Nur die Zuerkennung einer Lehrbefähigung bloss für die unteren Classen möchte ich schlechterdings beseitigt wissen, denn die für dieselben geforderten Kenntnisse sind so minimalen Umfanges, dass, wer eben nur diese besitzt, in dem betreffenden Fache ein reiner Dilettant und selbst ein Ignorant sein kann, ein solcher aber sollte niemals mit einem Unterrichte betraut werden.

Für die Lehrbefähigung für die mittleren Classen einschliesslich der unteren ist zu fordern, dass der Candidat im Besitze einer correkten Aussprache sei, dass er mit neufranzösischer (neuenglischer) Formenlehre und Syntax durch das Studium einer wissenschaftlich angelegten Schulgrammatik (etwa der von Lücking für das Französische und der von Immanuel Schmidt für das Englische) sich gründlich vertraut gemacht und sich auch volle praktische Fertigkeit in der Anwendung der Wortformen (namentlich der sog. unregelmässigen Verben), der Wortverbindungen (namentlich der Verbindungen der Pronomina und Hülfsverben mit dem Verbum) und der Satzfügungen (namentlich der Construction der mit *que*, bzw. *that* eingeleiteten Sätze) angeeignet habe, kurz, dass er die (im höheren Sinne) elementare Grammatik theoretisch wie praktisch vollständig beherrsche und in Folge dessen zu correkten Uebersetzungen aus der fremden Sprache in das Deutsche und umgekehrt befähigt sei. Ausserdem ist von ihm zu verlangen einige Vertrautheit mit dem gewöhnlichen Wortschatze (etwa in dem Umfange, wie er in Plötz' Vocabulaire systématique, bzw. in Benecke's English Vocabulary, gegeben ist) und eine nicht zu oberflächliche Bekanntschaft mit der neufranzösischen Litteraturgeschichte, wobei namentlich zu fordern, dass diese Bekanntschaft zu einem Theile durch eigene Lecture erworben sei. Denn auch wer in Mittelclassen Französisch (Englisch) unterrichten will, muss Vieles in diesen Sprachen gelesen haben, weil es sonst gar nicht denkbar ist, dass er die erforderliche Vertrautheit mit ihnen besitzt. Geradezu ein Skandal ist es, wenn zu dem betreffenden Examen sich Leute melden, deren ganze französische (englische) Lectüre sich auf das beschränkt, was sie als Schüler gelesen haben, und die folglich von der ganzen französischen (englischen) Litteratur vielleicht nur den Charles XII., bzw. den Vicar of Wakefield genauer kennen. Ein Candidat, der bezüglich seiner Aussprache nicht genügt, sollte zwar bei sonst guten Leistungen nicht für durchgefallen erklärt, aber es sollte ihm die Lehrbefähigung für die Quinta, eventuell auch für die Quarta als für die Classen, in denen vorzugsweise die Einübung der Aussprache zu erfolgen hat, verweigert werden.

Ein Universitätsstudium ist für die Erwerbung der Lehrbefähigung für die Mittelclassen nicht unbedingt erforderlich, sehr nützlich wird es aber selbstverständlich für die Betreffenden sein, wenn sie Vorlesungen über neuere französische (englische) Litteraturgeschichte und Interpretationscollegien über neufranzösische (neuenglische) Litteraturwerke besuchen, womöglich auch die Vorlesungen über französische (englische) Formenlehre und Syntax, nur freilich wird in der Formenlehre wegen der mangelnden Kenntniss der Lautlehre ihnen Vieles unklar bleiben, falls sie nicht die wichtigsten Theile und Sätze der Lautlehre wenigstens aus Büchern, wie etwa Brachet's Grammaire historique, kennen gelernt haben.

Ich fasse schliesslich den Hauptinhalt dieser meiner Schrift in folgenden Thesen zusammen:

1. Die Zulassung der Realschulabiturienten zum neusprachlichen Universitätsstudium ist unbedenklich, unter der Voraussetzung, dass die Realschule einen gründlichen lateinischen Unterricht ertheilt (vgl. S. 6. ff.) und dass sie in Zukunft den Unterricht im Griechischen, wenigstens facultativ, in ihren Lehrplan aufnimmt (vgl. S. 9—19).
2. Die allgemeine, wenigstens facultative Aufnahme des Englischen in den Lehrplan des Gymnasiums ist dringend zu wünschen (vgl. S. 20 f.).
3. Im akademischen Studium sind die französische und die englische Philologie als getrennte Fächer zu behandeln. Französisch für alle Classen ist mit Latein und Geschichte (oder Englisch) für Mittelclassen, Englisch für alle Classen mit Deutsch und Geschichte (oder Französisch) für Mittelclassen zu combiniren (vgl. S. 22—27).
4. Für französische (bzw. romanische) Philologie und englische Philologie sind an allen Hochschulen gesonderte Professuren

zu errichten. An grossen Universitäten ist die Errichtung einer zweiten romanischen, bzw. neben der romanischen die Errichtung einer speciell französischen Professur wünschenswerth (vgl. S. 27—29).

5. Da das Object des neusprachlichen Unterrichtes an den höheren Schulen vorzugsweise die französische (englische) Schriftsprache sein muss (vgl. S. 30—38), so muss auch der neusprachliche Universitätsunterricht, soweit durch ihn künftige Lehrer gebildet werden sollen, nach Maassgabe dieser Thatsache organisirt sein (vgl. S. 39 f.).

6. Das neusprachliche Universitätsstudium soll ein ausschliesslich theoretisch-wissenschaftliches sein und mindestens sechs Semester umfassen. Nach Ablauf derselben können die auf ein Schulamt reflectirenden Candidaten sich einer ersten, rein wissenschaftlichen Staatsprüfung unterziehen, durch deren Absolvirung sie die wissenschaftliche Lehrbefähigung im Französischen (Englischen) für alle Classen sich erwerben. Die Prüfungsarbeiten werden in deutscher Sprache abgefasst und ebenso wird die mündliche Prüfung in deutscher Sprache abgehalten (vgl. S. 49 f.).

7. Ein Jahr nach der bestandenen ersten Prüfung kann der Candidat der Neuphilologie sich einer zweiten, rein praktischen Prüfung unterziehen, durch welche er seine Fertigkeit im mündlichen und schriftlichen Gebrauche der französischen (englischen) Sprache, einschliesslich seiner Vertrautheit mit der Aussprache, nachzuweisen hat. Wer diese Prüfung besteht, erwirbt sich die praktische Lehrbefähigung im Französischen (Englischen) für alle Classen und wird dadurch zu definitiver Anstellung als neusprachlicher Lehrer befähigt (vgl. S. 50 u. S. 57).

8. Um Candidaten der Neuphilologie, welche die wissenschaftliche Prüfung bereits bestanden haben, die Möglichkeit zu einer systematischen Ausbildung im praktischen Gebrauche der französischen (englischen) Sprache zu gewähren und zugleich um sie durch eigene Anschauung vertraut zu machen mit dem französischen (englischen) Culturleben, wird vom deutschen Reiche — analog dem archäologischen Institute in Rom und Athen — ein neusprachliches Institut in Paris und London errichtet (vgl. S. 51). Der Studiencursus in diesem Institute

ist auf neun Monate berechnet (über die sonstige Organisation desselben vgl. S. 51—53).

9. Die Zeit der Probecandidatur ist thunlichst zu kürzen (vgl. S. 57).

10. Der Studierende der Neuphilologie, welcher in ein Schulamt einzutreten beabsichtigt, hat sein Studium möglichst auf Französisch (Englisch) zu concentriren, soweit dies ohne Schädigung seiner allgemeinen fachwissenschaftlichen Ausbildung geschehen kann (vgl. S. 71 u. S. 75).

11. Altfranzösisch (Altenglisch) und Neufranzösisch (Neuenglisch) sind als eng zusammengehörige, sich gegenseitig bedingende und jedenfalls gleichwichtige Gebiete des Studiums aufzufassen; erst durch ihre Verbindung entsteht die wissenschaftliche Einheit und das organische Ganze der französischen (englischen) Philologie (vgl. S. 73 f. u. S. 77 f.).

12. Das Studium der altfranzösischen (altenglischen) Laut- und Formenlehre muss die Grundlage jedes wissenschaftlichen neuphilologischen Studiums überhaupt bilden, widrigenfalls die Neuphilologie aufhört, Wissenschaft zu sein (vgl. S. 61).

13. Die Seminarübungen müssen einen integrirenden Bestandtheil des neuphilologischen Universitätsstudiums bilden; am füglichsten bestehen sie in Interpretationen von (namentlich altfranzösischen und altenglischen) Texten und in Vorträgen der Mitglieder, bzw. daran sich anschliessenden Debatten über schwierigere grammatische und litterargeschichtliche Themata. Die Mitglieder des Seminars müssen möglichst zu selbständiger methodisch-wissenschaftlicher Arbeit angeleitet und angehalten werden (vgl. S. 65—70).

14. Der Studierende der Neuphilologie hat gleichmässig die Zersplitterung wie die vorzeitige und übertriebene Specialisirung seines Studiums zu meiden. Bevor er sich ein Specialgebiet zu allseitiger Durcharbeitung und selbständiger Durchforschung erwählt, was er in späteren Semestern allerdings thun soll, muss er sich eine encyklopädische Uebersicht seiner Fachwissenschaft erworben haben (vgl. S. 70 ff.).

15. Der Neuphilologe muss sich des engen Zusammenhanges seiner Fachwissenschaft mit der Geschichte und insbesondere mit der Culturgeschichte stets bewusst bleiben (vgl. S. 75 f.).

16. Die Ertheilung von Lehrbefähigungen für Mittelclassen ist,

obwol im Princip nicht zu billigen, doch aus Rücksicht auf die Praxis der Schulverhältnisse nicht zu umgehen. Lediglich auf die unteren Classen beschränkte Lehrbefähigungen sollen nicht ertheilt werden (vgl. S. 78 ff.).

Ich bin zu Ende. Möge das, was ich ausgesprochen und vorgeschlagen, freundlich aufgenommen werden von allen denen, welche zur Behandlung und Beurtheilung der erörterten Fragen befähigt und berufen sind!

reviewed: Kölbing, Engl. Stud. 6, 260.

Pierer'sche Hofbuchdruckerei. Stephan Geibel & Co. in Altenburg.